Mit den Augen der Orcas

Meinen Dank richte ich an:

Alexandra Morton. Ihr Buch „Die Sinfonie der Wale" war letztendlich der Auslöser dafür, dass ich eine Geschichte aus der Sicht der Orcas schreiben wollte.

Die Wissenschaftler Dr. Paul Spong und seine Frau Helena Symonds (Hanson Island/Kanada), für ihre jahrelange Forschungsarbeit über die Kommunikation der Orcas, für ihre informative Homepage, für die Bereitstellung der OrcaLive-Community, bei der Wal-Fans aus der ganzen Welt täglich aktuelle Neuigkeiten und Links einstellen und die Calls der Orcas live übertragen werden (siehe Anhang) und nicht zuletzt für das fantastische Vorwort, mit dem sie meine Geschichte bedacht haben.

U'mista Cultural Society in Alert Bay/Kanada für die großzügige Erlaubnis, die indianische Legende von Henry und Helen Hunt zu verwenden.

Jan van Twillert. Er gab mir viele hilfreiche Informationen und korrigierte den Orca-Stammbaum. Seine Homepage (siehe Anhang) war unentbehrlich.

Meinen Mann Dr. Hubertus Thomas, der viele gute Ideen eingebracht hat und mutig konstruktive Kritik übte, obwohl er weiß, wie ich manchmal darauf reagiere. ☺

Christine Sawinski, für das unermüdliche Korrekturlesen und ihre ehrliche Stellungnahme zu meinem Manuskript.

Friederike Braun, weil sie sich für diese Geschichte Zeit genommen hat.

Leona Niedzwiedz, für das tolle Schwertwalfoto, das ich verwenden durfte, sowie die vielen aufmunternden Emails.

Alle, die mich in meiner Arbeit bestärken.

Außerdem gilt mein Dank: Julia Neider (WDC-Deutschland), diversen Besuchern der OrcaLive Community, meiner Tochter, die sich die Namen der zwei Hauptakteure ausgedacht hat und meinem Sohn, dessen Auge ich für die Coverrückseite benutzten durfte.

Danke auch an Sabine Brigitte Pankau und Daniela Harth für das Korrekturlesen der zweiten Ausgabe.

Homepage: **www.doris-t.de**

Mit den Augen der Orcas

Impressum
2. Auflage 2017
© Doris Thomas, Pfaffenhofen an der Ilm, 2009
Text und Illustrationen
Foto freilebender Orcas mit freundlicher Genehmigung von Leona Niedzwiedz.
Alle Logos im Anhang mit freundlicher Genehmigung
Herstellung und Verlag: BoD – Books on Demand, Norderstedt.
ISBN: 978-3746010823

Inhalt

Vorwort

„Selbst für diejenigen, die die Natur lieben, scheint es noch zu häufig eine Barriere zu geben, die uns daran hindert, die wilden Wesen der Natur vollkommen zu verstehen. Nur in unserer Fantasie können wir auf die andere Seite reisen.

Durch ihre bezaubernde Geschichte „Mit den Augen der Orcas" gibt uns Doris Thomas die seltene Gelegenheit, eine Zeit lang die Welt der Orcas zu erleben.

Nachdem wir uns viele Jahre lang mit den Orcas und ihren erstaunlichen Verhaltensweisen, ihren wunderbaren Lauten und Kulturen beschäftigt haben, sind wir uns auch schmerzlich dessen bewusst, dass menschliche Verhaltensweisen in allen Ozeanen der Welt für deren Bewohner in höchstem Maße gefährliche Lebensbedingungen geschaffen haben. Große und kleine Wale werden immer noch gejagt, ihre Nahrung verschwindet in einem alarmierenden Tempo durch Überfischung und Schädigung des Lebensraumes, ihre Welt wird durch menschlich erzeugte Giftstoffe verseucht, der Ozean wird mit Industrielärm überflutet und die globale Erwärmung beschleunigt den Untergang. Das Erschreckendste an dieser Realität ist die Tatsache, dass dies alles innerhalb weniger Menschenalter geschehen ist, bevor wir eine Chance haben, den Lebensraum Ozean vollständig zu erforschen, zu erfahren und zu verstehen.

Frau Thomas' Buch ist sehr zeitgemäß, denn es erzeugt und fördert ein lebenswichtiges Mitgefühl und eine Fürsorge für diese fremde aber wunderbare Welt jenseits der Ufer des Festlands."

Von Helena Symonds & Paul Spong
Mai 2008
aus dem Englischen von Christine Sawinski

Wenn ich...

Delfin! Wenn ich mit deinen Augen sehen könnte,
was würde ich entdecken?
Grau ist deine Welt, Farben sind dir fremd.
Vielleicht siehst du genau deshalb die Dinge,
wie sie wirklich sind.
Würde ich die Realität erkennen?

Delfin! Wenn ich mit deinen Ohren hören könnte,
was würde ich vernehmen?
Stille kennt das Meer nicht.
Töne überall; sogar von dir.
Das Echo formt ein Bild.
Würde ich der Wahrheit lauschen?

Delfin! Wenn ich mit deiner Stimme sprechen könnte,
was würde ich sagen?
Jeder Ton eine Funktion.
Eine Masse an Informationen.
Lebenswichtig!
Würde ich lügen können?

Delfin! Wenn ich mit dir schwimmen könnte,
was würde ich erleben?
Schwerelos. Grenzenlos.
Ohne Heimat.
Ohne die Last des Besitzes.
Würde ich den Sinn des Lebens finden?

Karte von Vancouver Island

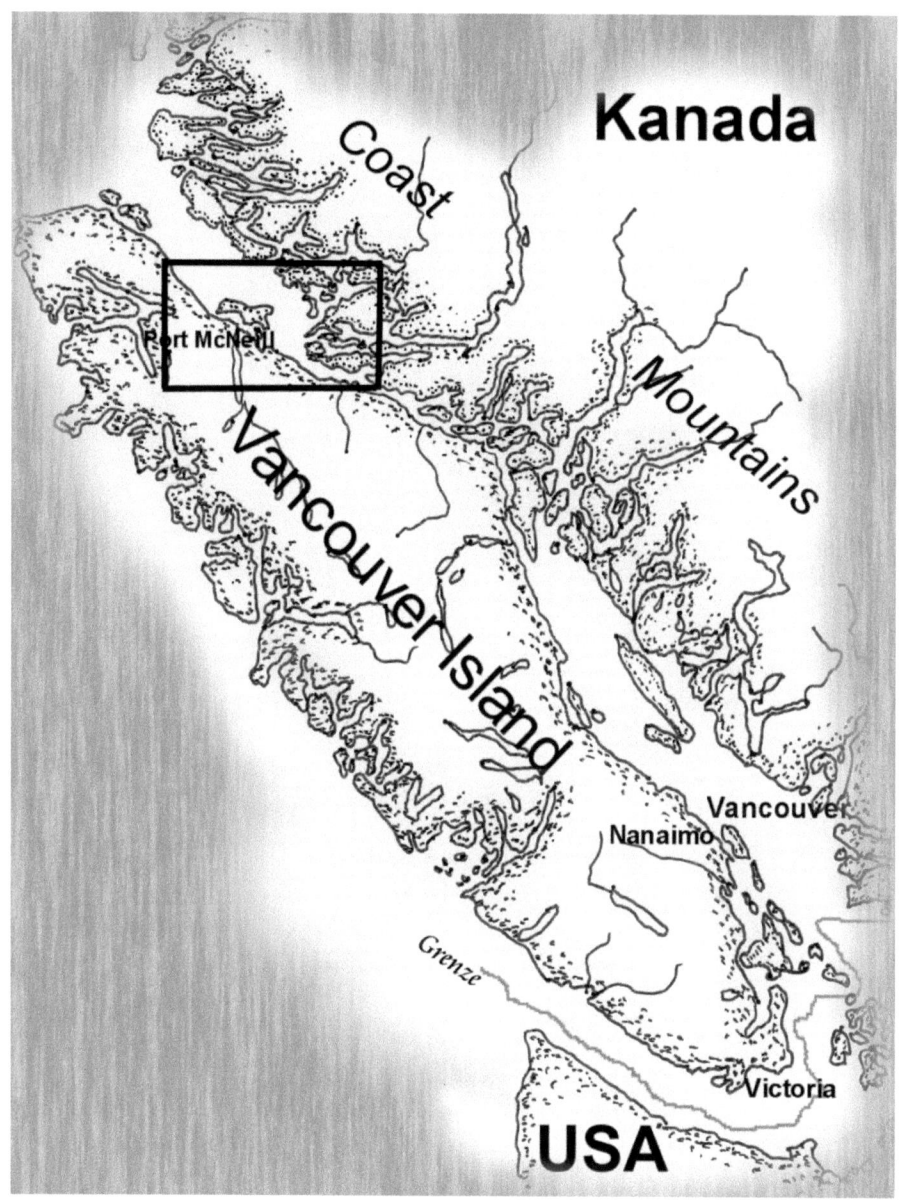

Lebensraum der Nördlich Residenten Orcas

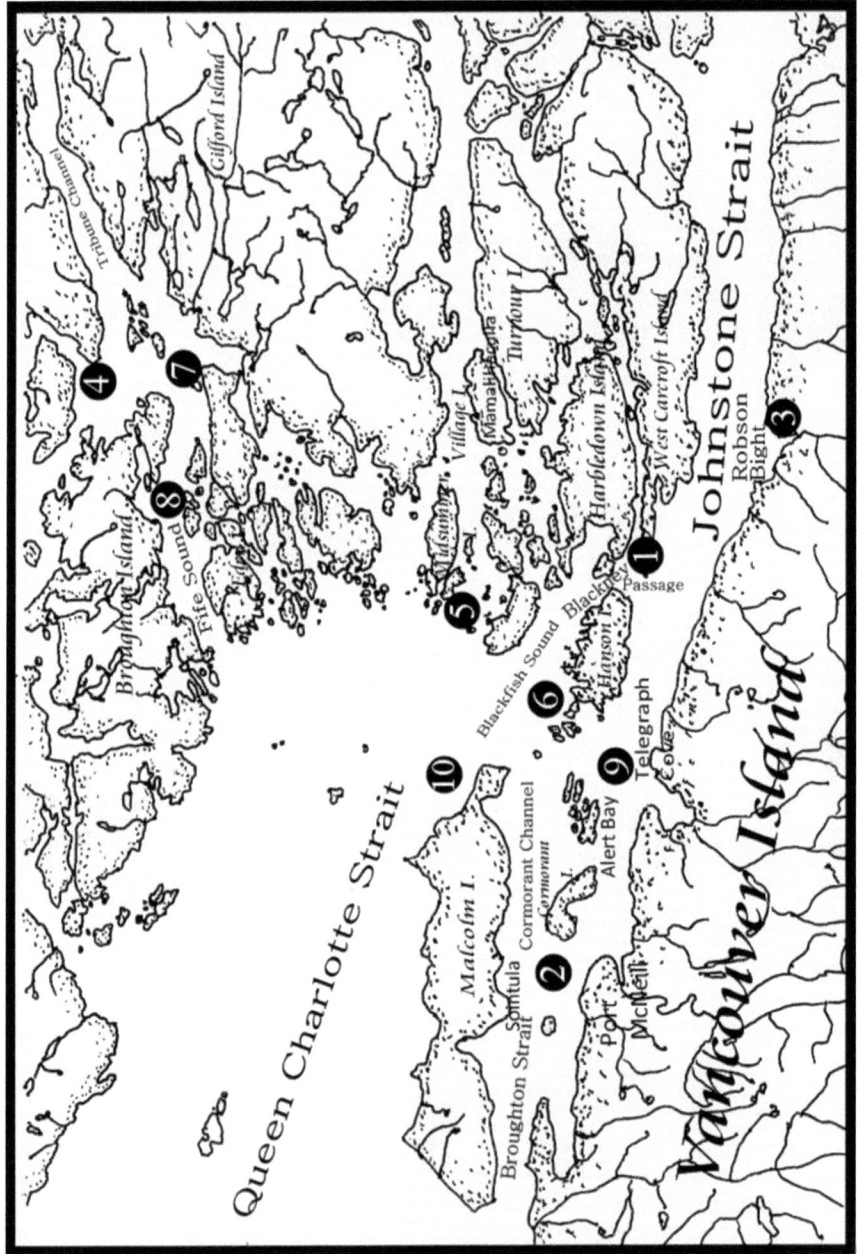

Legende zur Karte

Legende für Detailkarte

1 Blackney Passage (*Zeit der Erinnerung*)

2 „Region des Schweigens"

3 Robson Bight („Rubbelstrand")

4 Mutprobe

5 Die große Zusammenkunft

6 Lesja

7 Die Tarefaner

8 Grausame Jagd

9 Whale-Watch

10 Delfine

Orca-Stammbaum

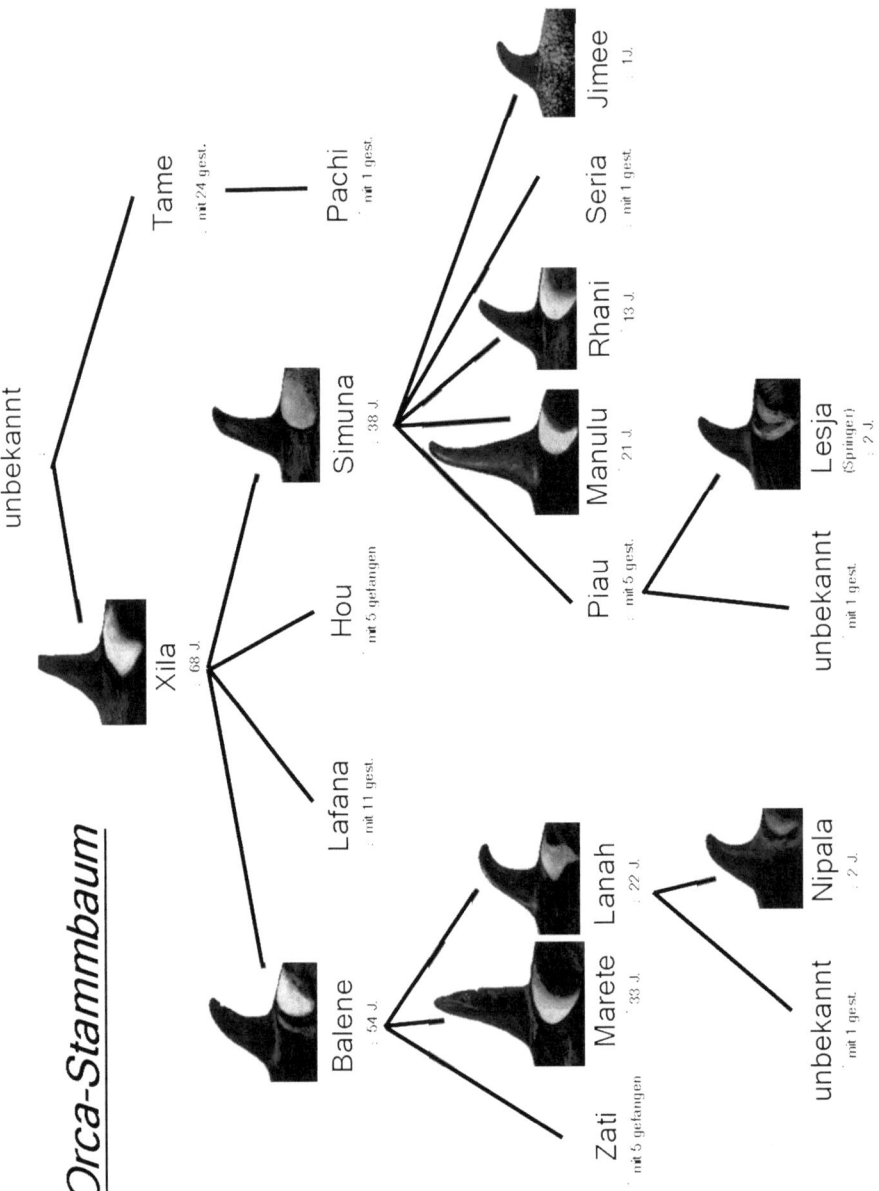

Orca-Stammbaum

unbekannt

Tame
: mit 24 gest.

Pachi
: mit 1 gest.

Xila
: 68 J.

Simuna
: 38 J.

Jimee
: 1 J.

Seria
: mit 1 gest.

Rhani
: 13 J.

Manulu
: 21 J.

Piau
: mit 5 gest.

Lesja
(Springer)
: 2 J.

unbekannt
: mit 1 gest.

Hou
: mit 5 gefangen

Lafana
: mit 11 gest.

Balene
: 54 J.

Lanah
: 22 J.

Marete
: 33 J.

Nipala
: 2 J.

Zati
: mit 5 gefangen

unbekannt
: mit 1 gest.

12

 **Prolog**

(Nach einer Legende des Clans <u>Walas of the Mamalilikala</u>, einem Stamm der Kwakwaka'wakw Indianer, von Henry und Helen Hunt, mit freundlicher Genehmigung von U'mista Cultural Society.)
Aus dem Englischen von Christine Sawinski.

Zwei Jungen übten sich mit Pfeil und Bogen. Ihre Haut war dunkel und der Schmuck der Indianer zierte ihren Hals. Das Dorf ihres Stammes lag auf der Insel Mimkwamlis, heute bekannt als Village Island. Eines Tages wollten sie sich im Bogenschießen üben. In ihrem Kanu, das aus einem Baumstamm gebaut worden war, fuhren sie auf das Meer hinaus. Dort sahen sie eine Gruppe von Schwertwalen, die friedlich an der Oberfläche schwamm.

Da dachten die jungen Indianer, die Rückenflossen der Wale wären gute Ziele für ihre Schießübungen. Und tatsächlich zielte einer der Jungen auf einen Wal, schoss und traf.

Die Schwertwale wurden sehr wütend und steuerten auf die Kinder in ihrem Kanu zu. Beide Indianerjungen paddelten so schnell sie konnten zurück zum Ufer. Sie sprangen aus ihrem Boot und rannten den Strand hinauf. Im gleichen Moment erreichte der verletzte Wal das Ufer und strandete. Seine Rückenflosse verwandelte sich in einen Mann, der den Kindern nacheilte. Er ergriff den einen Jungen, der geschossen hatte, an seinen Achillessehnen:

„Du wirst, solange du lebst, nie wieder richtig laufen können und dein Leben lang Schmerzen ertragen müssen, weil deine Achillessehnen zerrissen sind, weil ICH es bin, der Killerwal!"

Danach kehrte der Mann zum Ufer zurück, verwandelte sich wieder in einen Orca und schwamm davon.

Seit diesem Tag respektiert dieses Volk die Schwertwale. Sie sind davon überzeugt, dass die Wale auch Menschen sind und ihre

Gestalt verändern können. Sie nannten sich von da an *Walas* und übernahmen den Orca als ihr Stammessymbol. Sie malten Bilder an ihre Häuser und komponierten Lieder, um die Wale zu ehren. Noch heute wird der Orca von ihnen geachtet.

Schulschluss. „Endlich!", seufzte Lisa, „Ich dachte schon, der Tag geht gar nicht rum." Mit Schwung schulterte sie ihre schwere Schultasche. Peter schnappte sich ebenfalls seinen Rucksack. „Ja, aber nachher müssen wir noch so viel machen. Der blöde Wittberg hat uns doch zu dem Referat verdonnert. Kannst du mir mal verraten, warum du dich ausgerechnet für DAS Thema gemeldet hast?"

Lisa grinste. „Killerwale? Klingt doch cool. Ich weiß gar nicht, was du hast. Sonst kann es dir doch nicht blutig genug sein. *Killer* klingt da eigentlich sehr vielversprechend. Vielleicht muss ich dann ja nicht wieder alles allein machen, wie bei den anderen Referaten." Peter erwiderte diese spitze Bemerkung mit einem unmissverständlichen Knurren. Da klopfte ihm Lisa auf die Schulter und lachte: „Ist ja schon gut. Bisher haben wir es ja auch immer irgendwie hingekriegt. Und bei dem Pisswetter haben wir doch ohnehin nichts anderes zu tun."

Gemeinsam machten sie sich auf den Heimweg. Lisa spannte ihren Schirm auf und Peter zog sich seine Kapuze über den Kopf. Die beiden besuchten die 7. Klasse eines Gymnasiums. Sie wohnten nebeneinander und deshalb verbrachten sie viel Zeit miteinander, während ihre Schulkameraden in den letzten zwei Jahren die Mitschüler des jeweils anderen Geschlechts geradezu mieden. Das war weder Lisa noch Peter in den Sinn gekommen. Vielleicht, weil Peter nie besonders „cool" sein wollte und Lisa nicht auf „Dame" machte.

Jedenfalls gingen sie jeden Tag den Schulweg gemeinsam, halfen sich bei den Hausaufgaben und übten zusammen für Proben. Wenn zwei Schüler zusammenarbeiten sollten, war es keine Frage, dass die beiden ein Team bildeten. Und auch diesmal hatte sich Lisa gemeldet, um gemeinsam mit Peter das Referat vorzubereiten. Das tat sie, obwohl sie wusste, dass sich Peter nur allzu gern vor der Arbeit drückte und sie am Ende den überwiegenden Teil des

Vortrags allein verfassen musste. Aber beide hatten immer einen Mordsspaß an der Vorbereitung, und Peter brachte für gewöhnlich eine Reihe ganz erstaunlicher Ideen in die Arbeit ein. Das machte seine Faulheit dann im Grunde wieder wett.

„Ich komm dann so um drei rüber zu dir", meinte Peter, als sie schon fast zuhause angekommen waren. „Okay, aber such vorher noch alles zusammen, was du über Killerwale findest. Und ... ", sie hielt ihre Arme hoch, als wolle sie ein Stoßgebet sagen, „ ... bring das Zeug dann auch mit, wenn du kommst!" Peter verdrehte die Augen. Dabei wusste er aber genau, dass Lisas Vorwurf nicht ganz unberechtigt war. Es wäre nicht das erste Mal, dass er mit leeren Händen an Lisas Tür klingelte. Als seine Freundin in der Haustür verschwand, während er zum nächsten Eingang weiter ging, musste er bereits lächeln. Lisa würde unter Garantie später eine Unmenge von Büchern und Internetausdrucken parat haben, warum sich also verausgaben?

15:00 Uhr. Lisa schaute auf die Uhr. Wann war Peter schon jemals pünktlich gewesen? Sie sortierte die Tierbücher und legte die aus dem Internet ausgedruckten Seiten sorgfältig nebeneinander. Es war erstaunlich, was sie alles auf den verschiedenen Webpages der Vereine und Organisationen gefunden hatte. Oft wiederholten sich die Informationen über Aussehen und Größe der Wale, aber manchmal fand sie auch Fakten, die außergewöhnlich zu sein schienen. Das würde sie mit Peter durcharbeiten. Vier verschiedenfarbige Marker legte sie parat, damit sie gleich loslegen konnten.

Zehn Minuten später klingelte es an der Haustür und Lisas Mutter ließ Peter herein. „Oh, was bringst du denn für ein Wetter mit, Peter?", fragte sie scherzhaft und Peter schälte sich aus seiner nassen Jacke. „Das schüüüüttet aber auch wie bescheuert! Mist, jetzt ist das Poster nass geworden!" Er schüttelte die Regentropfen vom Papier und wischte den Rest mit dem Ärmel seines Sweat-Shirts ab. Mit dem welligen Poster unter dem Arm ging er lustlos die Treppe zum ersten Stock hinauf. Grinsend empfing ihn Lisa: „Oh, du hast ja tatsächlich was mitgebracht. Wunder über

Wunder!" Triumphierend hielt Peter das Poster in die Höhe und wedelte damit herum. „Bin ich gut?!", stellte er mit stolzgeschwellter Brust fest. „Genial!", bemerkte Lisa und nahm ihm das Poster ab. „Deine fette Beute hat aber schwer was abgekriegt. Auf die Idee, eine Tüte zu nehmen, bist du wohl nicht gekommen?" Peter tat entrüstet und zuckte mit den Schultern. Als er sah, dass Lisa einen Platz zum Aufhängen des Posters gefunden hatte, griff er nach dem Tesafilm und reichte ihr nacheinander vier Streifen.

„Ich weiß gar nicht was du hast, sieht doch noch ganz gut aus." „Naja, es geht so. In der Schule können wir es jedenfalls nicht mehr zeigen." Das Papier war durch die vielen Tropfen wellig geworden und das Poster lag nicht mehr glatt an der Wand an. Der Killerwal, der unter Wasser auf den Betrachter zukam, war dadurch etwas unscharf und die Konturen verschwammen mit dem Auf und Ab des Papiers.

Während Lisa noch prüfte, ob das Poster gerade hing, schlenderte Peter zum Schreibtisch. Sein Blick fiel auf den Stapel Unterlagen. „Spinnst du?", platzte es aus ihm heraus. „Willst du das etwa alles durchlesen?" Lisa warf ihm einen bösen Blick zu. Anstatt ihm zu antworten, drückte sie ihm die Hälfte der Ausdrucke in die eine und einen grünen Marker in die andere Hand.

„Mach!", fauchte sie Peter an. Der ließ sich ermattet auf ihre Couch fallen. Flüchtig prüfte er die Anzahl der Blätter in seiner Hand und stöhnte. Lisa verzog die Mundwinkel. Dann setzte sie sich demonstrativ geräuschvoll auf ihren Schreibtischstuhl, schnappte sich den zweiten Stapel an Ausdrucken und begann, einzelne Passagen im Text zu markieren.

Peter kapitulierte. Lisa würde nicht weich werden. Das sagte ihm ihr verkniffener Gesichtsausdruck. Also fügte er sich in sein Schicksal und studierte die Informationen in seiner Hand. Bereits nach ein paar Zeilen wagte er den Kopf zu heben und einen Blick auf Lisa zu werfen. Sie bemerkte das durchaus, reagierte jedoch nicht darauf und las weiter. Da kam er wohl nicht mehr raus.

Nach ein paar weiteren Zeilen hob er erneut den Kopf und starrte aus dem Fenster. Der Regen prasselte gegen die Scheibe und es schien, als wäre es bereits Abend, so dunkel war es draußen. Das Wasser klatschte auf das Dach über ihnen. Durch die schräge Decke erschien ihm das Zimmer mehr wie ein Unterschlupf als ein Raum in einem Haus. Die Regentropfen erzeugten auf den Dachziegeln ein permanentes lautes Klopfen und das Wasser rauschte über ihnen die Schräge hinunter. Direkt unter dem großen, schrägen Dachfenster verlief die Regenrinne. Dort plätscherte das Wasser unentwegt hinein und strömte der Neigung folgend zur rechten Kante von Lisas Außenwand, wo es schließlich in einem wilden Strudel im Fallrohr verschwand. Es war ein ständiges Rauschen und Gluckern zu hören.

Lisa schien das alles nicht im Geringsten zu stören. Konzentriert studierte sie Blatt für Blatt und nahm gelegentlich den Marker, um damit einige Textpassagen hervorzuheben. Peter döste vor sich hin, während Lisa eifrig weiter las. „Wusstest du, dass die Killerwale fast zehn Meter lang werden können? Wahnsinn!"

Peter hob nur müde den Kopf: „Oh ja, ganz schön riesig, die Viecher." Lisa schüttelte verständnislos den Kopf. „Dir ist aber schon bewusst, dass es keine Fische sind, oder?", fragte sie spöttisch. „Ja, klar weiß ich das. Es sind Säugetiere. Sie atmen mit Lungen und müssen deshalb regelmäßig auftauchen. Sie haben warmes Blut, so circa 37 Grad wie wir. Sie kriegen lebende süße kleine Junge und säugen sie mit Milch ... bla bla bla."

„Ja siehste", zischte Lisa dazwischen, „von wegen süße kleine Junge. Hier steht, dass die neugeborenen Killerwale bis zu 2,50 Meter groß sind. Von wegen klein. Und wiegen tun die da schon 180 Kilogramm. Jetzt stell dir das doch mal vor! Ich wiege grade mal 41 Kilo." Peter nickte anerkennend: „Boh, du hast recht, das ist schon heftig. Die arme Walmutter." Er verzog das Gesicht zu einer schmerzverzerrten Fratze und machte ein Geräusch, als ob er sich anstrengen würde: „Press! Press! Press!" Lisa verdrehte die Augen: „Jungs!"

Sie vertiefte sich wieder in ihre Unterlagen. Auch Peter ließ nun in der Hoffnung, auf eine außergewöhnliche Tatsache zu stoßen, seinen Blick über die Informationen schweifen. „Ach ne", rief er plötzlich, „das mit dem Killer war wohl nix. Eigentlich heißen die ja Schwertwale oder auch Orcas." „Doch", entgegnete Lisa, „hier steht, dass sie als *Killerwal* oder auch *Mörderwal* bezeichnet wurden, weil sie auch andere Säugetiere fressen. Man hielt sie sogar lange für gefährliche Menschenfresser."

„Und? Fressen sie uns denn nun?" „Wohl nicht. Es gibt keinen einzigen belegten Fall, bei dem ein Schwertwal einen Menschen angegriffen hat. Zumindest nicht in freier Wildbahn. Aber bei gefangenen Tieren gab es offenbar ein paar Attacken, zum Teil auch mit tödlichem Ausgang. Tatsache ist aber, dass es eine Untergruppe der Orcas gibt, die auch Delfine, Robben, Seelöwen und sogar Großwale angreifen. Das sind die *Transients*, also herumziehende Wale. Dabei gehen sie wohl richtig grausam vor. Eklig!" Peter machte große Augen: „Echt? Hört sich gut an. Hast du irgendwo Bilder davon?"

Er sprang auf, hastete zum Schreibtisch und schnappte sich die Bücher. Lisa staunte. Einen derartigen Enthusiasmus hätte sie bei Peter nicht für möglich gehalten. Im dritten Tierbuch fand Peter ein Foto, auf dem ein Schwertwal eine Robbe in die Luft schleuderte. Triumphierend hielt er das Bild seiner Freundin vor die Nase. Lisa betrachtete angewidert das Foto. „Aber die meisten Killer- äh Schwertwale fressen Fische. Lachse, glaube ich" „Wieso heißen die nochmal *Schwertwale*?", fragte sich Peter laut und ging zur Couch zurück. Er erinnerte sich an eine Textstelle, die er markiert hatte. Schnell fand er sie und las vor: „Die Schwertwale haben ihren Namen von der riesigen, beim Männchen bis zu zwei Meter großen schwertähnlichen Rückenflosse." Er stand auf, hielt seine Hand in die Höhe und bemühte sich, damit genau zwei Meter zu zeigen. Die Blicke beider Kinder wanderten zum Poster an der Wand.

„Wow!", sagten sie wie aus einem Mund.

Als draußen ein heller Blitz zuckte, flackerte für einen Moment die Deckenleute. Kurz darauf krachte der Donner. „Hui, das war aber nah", meinte Peter, während Lisa ihren Drehstuhl fast unmerklich ein Stückchen weiter vom Fenster wegrollte. Natürlich wollte sie nicht zugeben, dass ihr ein starkes Gewitter immer etwas unheimlich war. Aber Angst vor Gewitter war typisch für Mädchen und damit in ihren Augen total uncool.

Beide vertieften sich wieder in ihre Unterlagen. Irgendwie war nun ein Wettstreit entbrannt, wer als Nächstes etwas Interessantes finden würde. Plötzlich sprang Peter erneut auf. Er stellte sich vor das Poster und zeigte auf das geöffnete Maul des Wals. „Schau dir mal die Zähne an. Weißt du, wie riesig die sind?" Lisa schüttelte den Kopf. „Jeder ist etwa 7,6 Zentimetern lang und hat einen Durchmesser von 2,5 Zentimetern. Die Wale haben 10 bis 14 Zähne auf jeder Kieferseite, das macht also ... ähm" „40 bis 56 Zähne insgesamt", unterbrach ihn Lisa. „Ja, ja, genau", stimmte Peter zu, „das ist ja ein Monstergebiss!"

Ein Blitz zuckte; es folgte sofort ein krachender Donner.

Lisa versuchte, sich wieder auf ihre Unterlagen zu konzentrieren. „Es gibt Schwertwale, die leben in engen Familienverbänden. Das klingt ganz sympathisch. Hier ist von einem Gebiet bei Vancouver Island in Kanada die Rede. Da erforschen Wissenschaftler die Orcas, und das seit etwa 30 Jahren. Dr. Paul Spong und seine Frau Helena Symonds leben dort im Orcalab, ihrer Forschungsstation auf Hanson Island, und hören dort rund um die Uhr die Wale über Lautsprecher. Außerdem notieren sie alle Meldungen über Sichtungen. Sie erforschen die Schwertwale, die man die *Nördlich Residenten* nennt. *Nördlich*, weil sie zwischen der nördlichen Hälfte Vancouver Islands und dem Festland leben. *Resident*, weil sie dort mehr oder weniger sesshaft sind. Guck mal, hier ist eine Karte."

Sie hielt Peter das Blatt hin. „Ja ja, schon gut." erwiderte Peter etwas gelangweilt. „233 Orcas haben sie da gezählt. Die kennen jeden einzelnen und haben von manchen Walen sogar die komplette Lebensgeschichte. Stark!" „Hast du nichts Spannenderes?", fragte Peter. Lisa studierte die Karte, dann las sie weiter. „Das hier wird dir gefallen. Hier steht, dass viele Orcas schon in ihrem ersten Lebensjahr sterben. Die werden bestimmt von Haien gefressen. Was meinst du? Es erwischt aber wohl besonders häufig die Erstgeborenen." Peter zuckte mit den Schultern: „Vielleicht sind die eben zu doof, um auf ihre Jungen aufzupassen." „Kann sein. Hier steht, dass vorletztes Jahr wieder ein einjähriges Jungtier verschwunden ist; ein Weibchen. Aber da muss was anderes passiert sein. Die Mutter wurde auch nicht mehr gesehen. Es war auch schon ihr zweites Junges, also sowieso nicht mehr das Erstgeborene. Warte, hier steht noch mehr. Das Junge wurde zunächst bei einer anderen Gruppe im gleichen Gebiet gesehen und dann Anfang diesen Jahres merkwürdigerweise auf einmal bei den *Südlich Residenten* gefunden. Dabei treffen sich die *Südlich Residenten* und *Nördlich Residenten* normalerweise nicht einmal. Die Forscher haben den jungen Orca eindeutig wiedererkannt. Die Kleine macht wohl einen ganz besonderen Ton, einen Ruf, den man auch bei ihrer Mutter gehört hat. Steht hier zumindest. Außerdem hat sie im hellen Fleck hinter der Rückenflosse … warte … ", Lisa wühlte in den Blättern auf ihrem Schreibtisch, „ … den Fleck nennt man Sattel. Also in diesem Fleck hat sie eine ganz auffällige dunkle Färbung in der Form eines C's; so ähnlich wie eine schmale Sichel. Sie nennen das junge Weibchen SPRINGER."

„Und was soll daran jetzt so besonders spannend sein?" Peter verzog die Mundwinkel. „warts ab! Die wollen das Junge eventuell wieder zu seiner Familie in den Norden zurückbringen. Da sind jede Menge Inseln in der Gegend."

Lisa hielt Peter noch einmal die Karte hin. „Allein findet Springer den Weg zurück wohl nicht. Es ist für die Forscher ohnehin ein Rätsel, wie die Kleine ohne ihre Mutter überleben konnte. Jetzt planen sie die Rückführung zu ihrer Familie, damit die Chancen steigen, dass sie den Winter übersteht."

„Wie wollen die das denn machen? Bei der Größe stecken die den Wal doch nicht einfach in eine Tasche und tragen ihn - schwupp - woanders hin", fragte Peter ungläubig. Lisa las weiter: „Das steht hier nicht. Die werden schon einen Plan haben. Hier steht noch etwas! Cool, die Wissenschaftler haben in dem Gebiet rund um das Forschungslabor auf Hanson Island Mikrofone im Wasser und übertragen die Töne sogar live ins Internet."

Wieder erhellte ein Blitz das Zimmer und ein gewaltiger Donner krachte. Durch den plötzlichen Lichteinfall entstanden auf dem gewellten Poster eigenwillige Muster. Es wirkte beinahe so, als hätte sich der Wal für den Bruchteil einer Sekunde bewegt.

Unweigerlich wich Peter einen Schritt zurück. Auch Lisa schien die unheimliche Veränderung auf dem Poster bemerkt zu haben. „Ich habe bei meinem Bruder eine CD mit Walgesängen gefunden", erklärte sie, ohne den Blick von dem Poster abzuwenden. Peter starrte auf den Wal an der Wand: „Lass hören!" Lisa griff hinter sich und schaltete den CD-Spieler ein. Danach stand sie auf und ging zu Peter. Ganz allmählich wurden die Töne der Orcas eingespielt. Erst ganz leise: „iiiuuuuuu." Noch übertönte das Prasseln des Regens die Aufnahme. Fasziniert betrachteten die beiden den Orca auf dem Poster.

„Iiiiuuuuu!" Die Walstimme wurde lauter und nahm schließlich Lisas Zimmer in Besitz.

„Iiiuuuuu!" Lisa bekam eine Gänsehaut. Peter krallte seine Finger in den Stoff seiner Jeans.

„Iiiiuuuuuu!"

Es gab einen Riesenknall als der Blitz ganz in der Nähe einschlug. Nein, es war nicht ein einzelner Blitz. Es waren mehrere. Der erste Blitz blendete die Kinder. Reflexartig schlossen sie die Augen. Als der zweite und dritte zuckte, starrten Peter und Lisa verwirrt auf das Poster und waren sicher, der Wal habe sich bewegt. Sie rissen die Augen auf. Kam der Wal auf sie zu? Konnte das sein? Wieder zuckte ein Blitz, und sie erkannten nun ganz deutlich eine Bewegung. Das konnte doch nicht sein!

Der nächste Blitz war so hell, dass sie erneut die Augen schlossen. Der gewaltige Donner ließ sie zusammenfahren. Plötzlich fiel der Strom aus. Für einen Moment war es vollkommen dunkel.

Absolute Schwärze ließ alles um sie herum verschwinden. Die Zeit schien still zu stehen. Lisa und Peter hielten den Atem an. „Iiiiuuuuuuuuuuu!"

Peter

Lisa

 # Alles war anders

„Lisa, wo bist du?" Stille. „Ich fühle mich so komisch. Lisa?" Keine Antwort. „Lisa?"

„Peter? Was ist passiert? Ich sehe nichts."

Lisas Stimme beruhigte Peter ein wenig. „Ich auch nicht. Ich fühle mich, als würde ich schweben. Ich spüre keinen Boden unter mir." „Ich auch nicht. Kannst du was sehen?"

„Nein"

Dunkelheit umschloss sie. Den Kindern stockte der Atem. Weder Lisa noch Peter holten Luft. Die Sekunden vergingen, sogar Minuten. Zu ihrer Überraschung spürten beide kein Verlangen, ihre Lungen zu füllen. Sie waren unter Wasser.

„Iiiuuuuuu!"

Gleich einem Schwert, das mit seiner scharfen Klinge ein schwarzes Tuch zerschneidet, zerriss der Ton die Dunkelheit. Eine graue Wand aus glitschig schimmernden Streifen tauchte um sie herum auf. Es waren lange Seetanggewächse. Langsam teilten sich die Pflanzen und eine mächtige Gestalt bahnte sich ihren Weg hindurch. Zunächst war sie nur undeutlich zu erkennen, doch dann wurde das Bild klarer.

Es war ein Killerwal. „Iiiuuuuuuuu!"

„Sie sind da! Sie sind da!" Lisa und Peter vernahmen eine Stimme: Es gab keinen Zweifel. Der Wal, der geradewegs auf sie zu schwamm, hatte eben gesprochen. Kurz darauf fühlten beide ein prickelndes Gefühl auf ihren Körpern. *drrrrdrrrrrdrrrrrdrrrrr.* Was war das? Sie waren im Wasser. Killerwal voraus.

Es folgte ein heilloses Durcheinander. Panisch drehte sich Peter zu Lisa um oder vielmehr zu der Stelle, von der ihre Stimme gekommen war. Aber wo war Lisa? Neben ihm schwamm ein mächtiger Schwertwal und beäugte ihn.

„Liiiisaaa!", brüllte Peter verzweifelt. „Peeeeteeer!", schrie Lisa nicht weniger entsetzt. Beide drehten sich um die eigene Achse und suchten ihre Umgebung nach dem vertrauten Anblick des Freundes und der Freundin ab. Sie riefen unablässig.

„Wo bist du? Peeeteeer!"

„Liiisaaa!"

Aber das einzige, was jeder von ihnen sah, waren zwei Orcas. Beide wussten, der Wal vor ihnen ... ja ... dieser Orca war ihnen irgendwie aus dem Poster entgegengekommen. Aber woher kam der zweite Wal? Peter sah ihn auf seiner rechten Seite, wo eigentlich Lisa hätte sein sollen. Lisa jedoch entdeckte den Orca links neben sich. Dort war gerade noch ihr Freund Peter gewesen. Aber wo war Lisa? Wo war Peter?

„Peter?"

Unvermindert starrte Peter den Wal neben sich an.

„Lisa?"

Lisa blickte wiederum dem Wal neben sich tief in ein Auge. Beide Augen konnte sie ja nicht gleichzeitig sehen, da sich das zweite auf der anderen Kopfseite befand. „Bist du das? Peter?" „Lisa? Lisa, bist du das?"

Zwei Orcas verharrten Seite an Seite. Dann drehten sie sich ein wenig und sandten sich forschende Echoklicks entgegen. *drrrrrdrrrrdrrrr drrrrrdrrrrdrrrrr*

„Lisa"

„Peter"

Alles war anders.

„Ihr müsstet jetzt langsam mal auftauchen", forderte sie der Orca auf. Da spürten die Kinder, dass sie atmen mussten. Ohne darüber nachzudenken, bewegten sie sich nach oben an die Wasseroberfläche und atmeten aus, noch bevor ihr Blasloch das Wasser verlassen hatte. Tief atmeten sie kurz darauf die frische Meeresluft ein und spürten eine ungeheure Energie in sich. Es war anders als das Atmen als Mensch. Nicht so selbstverständlich und nebensächlich; nicht reflexgesteuert. Als Mensch dachte man nie darüber nach, ob und wann man atmete. Man tat es einfach. Das war jetzt anders. Sie atmeten bewusst aus und ein. Sie entschieden selbst, wann es Zeit war, ihre Lungen mit Sauerstoff zu füllen. Und sie füllten sie nun auch viel effektiver, als sie es als Mensch getan hatten. Sobald man als Mensch ausatmet, folgt sofort der Drang zum erneuten Einatmen. Dieses Gefühl hatten sie nun nicht mehr. Sie konnten die Atmung steuern. Innerhalb von Minuten begriffen Peter und Lisa, wie sich die Versorgung mit Sauerstoff für sie verändert hatte.

 - Alles war anders.

Überraschenderweise hatten die Kinder keinerlei Probleme, mit ihren neuen Körpern klarzukommen. Sie vermissten ihre Beine nicht im Geringsten, sie benutzten einfach die mächtige Schwanzflosse. Starke Muskeln bewegten die Fluke auf und ab. Mit den Brustflossen steuerten sie in jede beliebige Richtung. Es war ein Kinderspiel. Wie Astronauten im schwerelosen Weltraum schwebten sie im Wasser und manövrierten scheinbar mühelos ihre torpedoförmigen Körper. Nichts ließ sie erahnen, dass nun jeder von ihnen knapp 3 Tonnen wog.

Alles war anders.

Das Wasser war mit sieben Grad Celsius für einen Menschen viel zu eisig. Aber nun schützte ihren Körper eine fünfzehn Zentimeter dicke Speckschicht vor Unterkühlung. Dieser sogenannte Blubber verhinderte, dass ihre Körpertemperatur unter 37 Grad absank. Die erste Barriere zum kalten Wasser bildete jedoch ihre Haut. Allein sie war unglaubliche zwei Zentimeter dick.

Alles war anders.

Die beiden Kinder hatten sich in Schwertwale verwandelt. Nicht nur ihr Aussehen hatte sich gravierend verändert, auch ihre Sinne funktionierten nun anders. Sie konnten viel besser hören und nahmen auch noch das leiseste Geräusch wahr. Das war auch nicht verwunderlich, denn sowohl ihre Art des Hörens hatte sich verändert, als auch das Medium, in dem sie nun lebten, denn Wasser leitet Geräusche fünfmal besser als Luft. Ihr Unterkiefer

26

nahm nun die Schallwellen auf, verstärkte sie und leitete sie bis zu den winzigen Ohren, die in kleinen Hautfalten an der Kopfseite verborgen waren. Auch der Bereich der Töne, die sie jetzt erzeugen konnten, hatte sich enorm vergrößert. Sie brachten sehr tiefe Töne zustande, die mit den menschlichen Stimmbändern nicht erzeugt werden konnten. Ebenso gelangen ihnen schrille hohe Rufe, die sämtliche Zuhörer aus einer Oper vertrieben hätten. Sie erzeugten nun die Töne nicht mehr mit Stimmbändern sondern mit luftgefüllten Säckchen unterhalb ihres Blasloches. Durch ruckartiges Zusammenziehen dieser Säckchen wurde die Luft hinein- und herausgepresst und so entstand ein Ton. Dieser strahlte nach vorne in ihre Stirn, wo eine spezielle Masse, Melone genannt, ihn verstärkte und an das Wasser abgab.

Eine besondere Art der Orientierung ermöglichten ihnen die Echoklicks, kurz aufeinander folgende Töne, die von allen Gegenständen zurückgeworfen wurden. Ein derartiger Ton war nur eine Hundertstelsekunde lang, für den Menschen nicht einzeln wahrnehmbar. Die Wale empfingen das Echo und konnten nur durch die geringe Abweichung von Originalton zum Ton des Echos Entfernung und Beschaffenheit des Gegenstandes erkennen. Diese besondere Fähigkeit, die zum Beispiel auch die Fledermäuse haben, konnten die Wale in einem Umkreis von 1500 Metern anwenden. Erst nach Eintreffen des Echos sandten sie den nächsten Klickton. Der zeitliche Abstand der Klicktöne hing also von der Entfernung des abzutastenden Gegenstandes ab. Für Menschen klang diese Echolokation wie *drrrrdrrrrdrrrr*.

Alles war anders.

Obwohl sie nun ihre Welt mit den Ohren „sahen", funktionierten ihre Augen ausgezeichnet, allerdings mit einer entscheidenden Einschränkung. Dem Walauge fehlt die Fähigkeit, Farben zu sehen. Sie waren nun zwar in der Lage, unzählige Grautöne zu unterscheiden, aber die Schönheit der Farben sahen sie nicht mehr. Alles war nur noch schwarz-weiß. Sie waren, wie alle Wale, farbenblind. Von dieser Einschränkung einmal abgesehen, konnten sie über Wasser so gut sehen, wie sie es als Menschen gewöhnt waren. Unter der Oberfläche, wo das menschliche Auge mit dem Kontakt zum Wasser große Probleme hat, schützte nun eine spezielle Hautschicht ihr Walauge. Nicht nur das, sie konnten ihr Auge durch Muskelkraft verändern. So war das Bild auch unter Wasser gestochen scharf.

Meerwasser filtert das Licht. So verschwindet ab 3 Meter Tiefe das Rot, bei 5-6 Metern das Orange, kurz danach das Gelb und bei einer Tiefe von 23-27 Metern schließlich auch die Farben Grün und Blau. Ab hier erscheint die Welt nur noch grau. Da sich dort die Wale am häufigsten aufhalten, war wahrscheinlich genau das der Grund, weshalb ihnen im Laufe der Evolution die Fähigkeit verloren ging, Farben zu sehen. Es brachte den Walen keinen Vorteil, also war es überflüssig. Dabei war die Umgebung von faszinierenden Farben geprägt. Über Wasser gab es Inseln mit grünen Wäldern und felsigen Küsten in verschiedenen Steinfarben. Der Himmel leuchtete in einem intensiven Blau und unter Wasser schwammen die farbenprächtigsten Fische durch den in dutzenden von Grüntönen schimmernden Tang. Doch für Lisa und Peter war die Welt ab sofort farblos.

Alles war anders.

Die Gastfamilie

„Alles okay?", fragte der Wal neben ihnen. Die letzten Minuten waren so schnell vergangen und doch beinahe so lang wie eine Ewigkeit.

Sie waren nun Wale, Orcas, Schwertwale ... Killerwale.

„Mir geht's gut", bemerkte Peter. Lisa stimmte ihm zu: „Bei mir ist auch alles klar! Aber verrückt ist das ja schon." Peter musste lachen: „Da sagst du was."

Sie schwammen umeinander herum. „Mann, siehst du stark aus!" Peter musterte Lisa. Sie hatte eine gleichmäßig nach hinten geschwungene Rückenflosse. Ihr Sattel war weiß und sah beinahe so aus wie das verkleinerte Spiegelbild ihrer Finne. Lisas Augenfleck lief am Kopfende relativ spitz aus.

„Wahnsinn!" Lisas Blick fiel auf die markante Rückenflosse ihres Freundes und den auffällig geschwungenen Sattelfleck. Die Unterseite von Peters Fluke schimmerte in einem strahlenden Weiß. Er war ein wenig größer und kräftiger als Lisa. Das ist für Zahnwale normal. Darin sind sie der menschlichen Rasse ähnlich, die Männchen werden in der Regel größer als die Weibchen. Bei den Bartenwalen ist es dagegen genau anders herum. Hier werden die weiblichen Tiere größer als die männlichen.

Immer und immer wieder umrundeten sich die" neuen" Wale und bestaunten ihr Gegenüber. Es war fremd und doch irgendwie vertraut. Die Gefühle der Menschen in Orcagestalt überschlugen sich. Schließlich sprach sie der fremde, offensichtlich viel jüngere Orca erneut an: „Wenn bei euch alles in Ordnung ist, sag ich den anderen Bescheid, dass ihr da seid. Ich bin übrigens Jimee."

Und schon drehte sich Jimee um und schwamm davon. Ohne sich zu bewegen, konnten Peter und Lisa ihr nun mit Hilfe ihrer neuen Fähigkeiten folgen, zumindest akustisch. Sie schickten ihre Echoklicks hinterher und so blieb ihnen nicht verborgen, dass sich nicht weit entfernt weitere Schwertwale aufhielten. Da sie so gut hören konnten, verstanden sie sogar, was Jimee den anderen Walen sagte: „Die Besucher sind da. Es sind zwei. Ich hab euch doch gesagt, dass ich sie zuerst sehen werde."

Insgesamt waren dort in einiger Entfernung neun Wale. Nachdem Jimee die Botschaft verkündet hatte, setzte sich die Gruppe augenblicklich in Bewegung. Sie hielten direkt auf Lisa und Peter zu. *Drrrrrrdrrrrrdrrrrr.* Die Haut der Kinder kribbelte. Aber auch sie sandten Töne zu den herannahenden Walen und so „sahen" sie die Wale, bevor ihre Augen sie erkennen konnten. Sie waren beeindruckt. Eigentlich hätten sie sich fürchten müssen, aber die Wale strahlten eine Vertrautheit aus, die Peter und Lisa unerklärlich war. Das waren Freunde.

Die Formation der zehn Schwertwale sah beeindruckend aus. Angeführt wurde die Gruppe von dem ältesten Weibchen, Xila. Sie war bereits 68 Jahre alt und, den alten Traditionen folgend, das Familienoberhaupt, die Matriarchin. Hinter Xila schwammen ihre Töchter Balene und Simuna. Balene wurde von ihrem riesigen Sohn Marete und ihrer Tochter Lanah begleitet. Lanahs zweijähriges Töchterchen Nipala wich nicht von ihrer Seite. Auch Simuna hatte eigene Nachkommen, die ihr dichtauf folgten: Manulu, ein erwachsenes Männchen, Rhani, mit 13 Jahren sozusagen ein Jugendlicher und ihre jüngste Tochter Jimee, die immer noch von der Milch ihrer Mutter abhing.

Lisa und Peter waren fasziniert. In den vergangenen Minuten hatten beide kein Wort gesprochen. Sie waren zu sehr von den neuen Eindrücken erfüllt. Es war nicht leicht zu begreifen, was passiert war. Nichts war wie vorher. Sie lebten in einem anderen Element, dem Wasser. Ihre Körper hatten sich extrem verändert und sie besaßen Fähigkeiten, die sich sehr von denen eines Menschen unterschieden.

Die Orcas näherten sich den Kindern in völligem Gleichklang. Jeder von ihnen schien in der Gruppe seinen festen Platz zu haben. Die Familie wirkte entspannt und voller Harmonie. Lisa und Peter warteten auf ihr Eintreffen. Auch wenn sie keinerlei Angst verspürten, so waren sie doch sehr gespannt, was nun passieren würde. Sie waren nun Wale. Beide waren sich inzwischen dessen voll bewusst. Dennoch hatten beide nach wie vor den Verstand von Menschen. Aber wussten auch die herannahenden Schwertwale, wer sie waren, oder besser WAS sie waren?

„Willkommen", rief Xila schon von weitem, „herzlich willkommen!" Ihre Stimme klang alt und rau, und auch ihre Haut schimmerte nicht mehr wie die der anderen Wale. Es folgte ein überschwängliches *Hallo* der anderen Familienmitglieder. Jeder einzelne stellte sich mit seinem Namen vor. Die Kinder bestaunten die unterschiedlichen Körper der Orcas und versuchten, sich so viele Erkennungsmerkmale wie möglich einzuprägen.

Die weiblichen Wale hatten eine geschwungene Rückenflosse, oft nur halb so groß wie die der Männchen. Von der Seite sahen ihre Finnen wie eine Welle aus, die sich an einer Dünung auftürmt und bei der man bereits erkennen kann, dass sie bald brechen wird. Die Rückenflosse von Xila zeigte jedoch keine Krümmung nach hinten und die Spitze ihrer Finne fehlte völlig. Diese Form wirkte unnatürlich, als wäre sie abgeschnitten. Balene hatte eine kleine Kerbe an der Rückseite ihrer Finne. Marete und Manulu, die erwachsenen Männchen, hatten riesige Rückenflossen. Maretes Finne war breit und wirkte wie ein Segel. Über Wasser flatterte die rückwärtige Kante ein wenig hin und her. Sie wies ebenfalls eine Kerbe auf.

Manulu war mit seinen einundzwanzig Jahren zwölf Jahre jünger als sein Cousin. Auch seine Rückenflosse war riesig aber viel fester und hatte zur Spitze hin eine leichte Krümmung. Die Finne von Rhani ähnelte noch sehr denen der Weibchen. Er war erst dreizehn und würde in diesem Jahr seinen Wachstumsschub machen. Nipala und Jimee hatten aufgrund ihres geringen Alters noch sehr kleine Rückenflossen. Jimees Körper war mit weißen Flecken übersät, was sie von allen anderen Orcas deutlich unterschied.

Das waren die ersten Eindrücke, die Peter und Lisa von ihrer Gastfamilie bekamen. Aber ihnen war sofort klar, es würden nicht die letzten sein. Es waren nicht nur einfach irgendwelche Wale, die sie hier begrüßten. Es waren nicht nur Orcas oder Schwertwale, reduziert auf ihre schwarz-weiße Färbung und die Form ihres Körpers. Vielmehr hatte jeder einzelne nicht nur eine ganze Reihe unverwechselbarer Körpermerkmale, sondern auch einen eigenen Charakter. Jeder hatte eine eigene Persönlichkeit.

 ## Erste Erfahrungen

Wie selbstverständlich nahm die Orcafamilie Peter und Lisa bei sich auf. Sie galten als Besucher, wurden aber nicht nur geduldet, sondern von der Familie als vollwertige Mitglieder akzeptiert. Aber die Kinder mussten viel lernen, um in ihrem neuen Körper in dieser ganz anderen Welt überleben zu können. Die Familie schien das zu wissen.

Aber wussten sie alles? Wussten sie auch, dass Lisa und Peter eigentlich Menschen waren?

Zunächst war es für beide lebenswichtig, zwei grundlegende Dinge zu erlernen: schlafen und fressen. Zuerst durchfuhr Lisa ein Schauer des Schreckens.

Sie waren nun Orcas, Schwertwale, KILLERWALE.

Was würden sie fressen? Fische oder Säugetiere? Zu welcher Gruppe gehörte ihre neue Familie eigentlich? Sie bekam furchtbare Angst. Lisa wollte keine Robben zerfleischen oder andere Wale angreifen.

Plötzlich tauchte Lanah neben ihr auf. Mit ihren zweiundzwanzig Jahren war sie ausgewachsen und etwa acht Meter lang. Ihre Rückenflosse war im Vergleich zu denen der anderen Wale schmal und extrem nach hinten geschwungen. Sie erinnerte an eine Mondsichel.

„Lisa, bedrückt dich etwas?", fragte Lanah in einem sehr ruhigen Tonfall. Lisa wusste nicht, wie sie ihre Frage formulieren sollte, ohne gleich ihre Abscheu preiszugeben, die sie gegenüber Fleisch fressenden Walen empfand. Sie zögerte.

Lanah kam näher. „Machst du dir Sorgen wegen der Jagd?"

Lisa erschrak. Woher konnte Lanah das wissen? Lisa brachte keinen Ton hervor. „Ich weiß, im Moment gibt es noch nicht so viele Fische. Solange die Kas noch nicht in die Flüsse schwimmen, müssen wir uns für die Jagd trennen. Barsche sind immer hier. Die sind zwar nicht so lecker wie Kas, aber satt wird man auch. Du wirst schon sehen, du fängst bestimmt welche."

Lisa war erleichtert: Fischesser!

Barsche kannte sie, es waren hässliche grün-braune Fische. Aber was waren die „Kas"? Sie überlegte angestrengt und beschloss schließlich, Peter danach zu fragen. Langsam schwamm sie neben ihn. „Hast du dir eigentlich schon mal Gedanken darüber gemacht, was wir essen werden?", fragte sie in einem besserwisserischen Ton. Lisa spürte, wie Peter innerlich zusammenzuckte. Er zögerte mit der Antwort, deshalb fuhr Lisa fort: „Das war ja klar, dass du nicht weiterdenkst! Also um gleich Entwarnung zu geben: Fisch. Sie essen alle nur Fisch" Sie spürte Peters Erleichterung.

„Jetzt hast du mir aber echt einen Schreck eingejagt, Lisa. Daran hatte ich wirklich noch nicht gedacht." „Wir werden Barsche jagen und später dann Fische, die sie „Kas" nennen. Weißt du, was sie damit meinen? Lanah sagte, diese Fische schwimmen in die Flüsse." Peter überlegte kurz. „Das werden Lachse sein, denke ich. Die kommen immer zu ihrem Geburtsfluss zurück, schwimmen dann flussaufwärts, laichen dort und sterben am Ende allesamt." Lisa war mit der Antwort vorerst zufrieden. Sie würde schon noch herausfinden, warum die Lachse bei den Walen einen besonderen Namen hatten.

Vor der Jagd wollten sich die Orcas erst noch einmal ausruhen. Die Kinder waren überrascht. Es war nicht einmal Abend. Sie spürten jedoch selber, wie müde sie waren. Tag und Nacht spielt für Wale keine Rolle, da sie im Dunkeln einfach mit ihren Echoklicks ihre Umgebung erkunden können. Also waren sie auch für Ruhephasen nicht auf bestimmte Tages- oder Nachtzeiten festgelegt. Doch wie schläft überhaupt ein Wal, der im Wasser lebt und regelmäßig auftauchen muss, um Luft zu holen?

„Wenn wir einschlafen, saufen wir doch ab!", stellte Peter fest. „Vielleicht müssen wir so etwas Ähnliches wie *Toter Mann* machen", entgegnete Lisa. Die anderen Wale schwammen um die beiden herum. „Es ist ganz einfach!", bemerkte Balene, das zweitälteste Weibchen, „wir nehmen euch in die Mitte. Peter, du schwimmst zwischen Manulu und Rhani; Lisa, du zwischen mir und Simuna. Los, formiert euch!"

Peter schwamm zwischen den großen Manulu und seinen jüngeren Bruder Rhani. Lisa nahm ebenfalls ihre Position zwischen den beiden weiblichen Tieren ein. Sie schwammen nun alle Flipper an Flipper nebeneinander. Nur die beiden kleinen Weibchen Jimee und Nipala schmiegten sich an die Seite ihrer Mütter. Xila, die Anführerin, blieb in der Mitte der Reihe, während der mächtige Marete auf der einen und Balene auf der anderen Seite das jeweilige Ende der Kette bildeten.

„Jetzt müsst ihr euch entspannen. Haltet Kontakt zu euren Nachbarn und versucht, unseren Atemrhythmus einzuhalten. Der Schlaf kommt dann von alleine." Zu Lisas und Peters Überraschung hatte der Tauch- und Atemrhythmus nichts mit dem *Toten Mann* gemeinsam.

Die Wale atmeten fünf- bis sechsmal und tauchten dann steil ab. In einigen Metern Tiefe schwammen sie ruhig nebeneinander her. Nach etwa vier Minuten tauchten sie ebenso steil wieder an die Oberfläche und holten erneut fünf- bis sechsmal Luft. Diesen Rhythmus hielten sie alle genau ein.

Lisa fühlte sich leicht und ganz entspannt. Die Berührungen der Flipper ihrer Nachbarinnen Simuna und Balene gaben ihr das Gefühl der Sicherheit. Langsam döste sie ein, ohne ganz das Bewusstsein zu verlieren.

Wale können nur mit einer Gehirnhälfte schlafen, während die andere Hälfte das Schwimmen und das bewusste Atmen steuern muss. Peter erging es ähnlich. Über eine Stunde blieb die Familie in dieser Schwimmformation und ruhte sich aus. Die Kinder waren anschließend erstaunt darüber, wie frisch sie sich nun fühlten. Gleichzeitig wurde ihnen aber auch klar, dass sie aufgrund der kurzen Erholungsphase in ein paar Stunden eine erneute Pause brauchen würden.

Das Fangen von Fischen erwies sich zu ihrer Überraschung als relativ leicht. Die Wale teilten sich in kleine Gruppen auf und gingen auf die Jagd. Sie erbeuteten Barsche und Forellen nahe der Flussmündungen. Zuerst halfen die anderen Wale den beiden neuen Gruppenmitgliedern und fingen für sie einige Fische. Wie selbstverständlich verschlangen Lisa und Peter eine Nahrung, die sie als Menschen niemals angerührt hätten. Dabei wunderten sie sich, dass sie sich nicht verschluckten, sobald sie ihr Maul öffneten und das Meerwasser hineinströmte.

Doch in dem Moment als sie untergetaucht waren, hatte ein spezieller Muskelring den Kehlkopf geschlossen. Der Zugang zur Speiseröhre öffnete sich jedoch für das Verschlucken der Beute. Dass sie dabei auch Meerwasser verschluckten, machte ihnen nichts aus. Die Nieren der Wale filtern das Salz heraus und verhindern eine Vergiftung. Trinken müssen Wale ohnehin nicht. Die Flüssigkeit, die ihr Körper braucht, entzieht ihr Verdauungssystem mit den drei Mägen der festen Nahrung.

Schließlich jagten Lisa und Peter selbstständig. Sie konnten es kaum glauben, dass sie ohne Hemmungen einen Barsch fassen und totbeißen konnten. Was das anging, waren sie also auch keine Menschen mehr.

Sie waren erleichtert.

Hätten sie noch ihre menschlichen Vorstellungen von Nahrung gehabt, wären sie nicht einmal in der Lage gewesen, diese Fische in den Mund zu nehmen, geschweige denn zu zerreißen und hinunterzuschlingen. Sie wären verhungert.

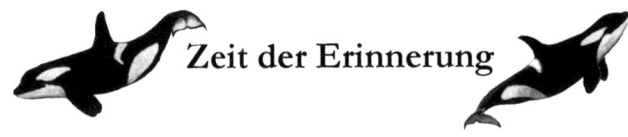

Zeit der Erinnerung

Lisa und Peter gewöhnten sich mit der Zeit an das Leben unter Wasser. Nicht einmal der häufige Regen konnte ihre gute Stimmung trüben. Mit der Zeit lernten sie ihre neue und außergewöhnliche Familie immer besser kennen. Peter freundete sich mit Rhani an, dem jüngsten Männchen. Rhani war Peter ziemlich ähnlich. Er war ein wenig chaotisch und ziemlich unruhig. Ständig hatte er irgendeinen Blödsinn im Kopf und neckte die anderen Wale. Das gefiel Peter. Die Form von Rhanis Sattel erinnerte an eine Qualle. Nachdem Rhani Lisa einige Male geneckt hatte, nannte ihn Lisa nur noch *Giftqualle* oder *Meduso*. Rhani nahm das zum Anlass, Lisa nur noch mehr zu ärgern.

Lisa hielt sich gerne in der Nähe von Lanah auf. Nipalas Mutter war ständig gut gelaunt und wirkte ausgeglichen. Sie war immer darauf bedacht, dass sich alle gut verstehen. Lanah gehörte zu den jüngeren Weibchen in der Gruppe, und so orientierte sie sich noch oft an ihrer Mutter Balene und ihrer Tante Simuna.

Wale übernehmen die Aufgaben von Babysittern und bei Lanah war es früher Simuna gewesen, die oft auf sie aufgepasst hatte, während Balene auf der Jagd war.

Simuna schien oft traurig zu sein. Lisa hatte den Eindruck, als würde sie nach jemanden Ausschau halten. Dabei ließ sie die Familie jedes Mal alleine weiterschwimmen und blieb zurück. Immer wieder machte Simuna dann einen Spyhop, indem sie einen Großteil ihres Körpers senkrecht aus dem Wasser hob. So konnte sie ihre Umgebung über Wasser besser erkunden. Auch unter Wasser schien Simuna zu suchen und schickte häufig Rufe in die Weite des Meeres. Anschließend horchte sie eine Weile auf eine Antwort, doch es war immer vergebens. Schließlich folgte sie ein ums andere Mal enttäuscht den anderen Walen, wobei sie immer sehr traurig und mutlos wirkte.

Als Simuna wieder einmal zurückblieb, schwamm Lisa nahe an Lanah heran und fragte sie: „Warum macht Simuna das? Sucht sie jemanden?"

Lanah schwieg einen Moment. Ihr schien die Antwort nicht leicht zu fallen. „Sie vermisst ihre Tochter Piau und ihre Enkelin Lesja. Beide blieben verschwunden, nachdem wir sie in einem heftigen Herbststurm verloren hatten. Wir haben Piau und ihre kleine Tochter wochenlang gesucht, aber all unsere Rufe verhallten ungehört. Ich denke, Lesja ist irgendwo gestrandet. Sie war ja noch so klein und unerfahren. Lesja war so alt wie meine kleine Nipala. Sie war besonders hübsch und hatte in ihrem hellgrauen Sattel eine dunkle Sichel, ähnlich wie meine Nipala, aber noch deutlicher zu sehen. Lesja war sehr verspielt und wir mussten sie so oft aus dem Tang holen, weil sie nicht aufhören wollte, mit den langen glitschigen Blättern zu spielen. Piau rief Lesja dann immer mit so einem besonderen Ton, und Lesja quietschte den gleichen Ruf aus dem Tang zurück. Niemand von uns hat jemals diese Rufvariante benutzt, weil er für Piau und ihre Tochter eine besondere Bedeutung hatte, die Mutter und Kind verband. Irgendetwas Schlimmes muss bei diesem schrecklichen Sturm passiert sein. Piau hat Lesja dann bestimmt nicht verlassen. Sie hatte schon ihr erstes Junges verloren und hing sehr an ihrer zweiten Tochter. Wahrscheinlich sind beide gestorben, sonst hätten wir sie gefunden. Das Ganze ist jetzt beinahe zwei Jahre her, aber Simuna gibt die Hoffnung nicht auf. Sie glaubt noch an ein Wunder."

Lisa war ergriffen. „Das ist ja furchtbar! Das tut mir so leid! Arme Simuna!"

Langsam und schweigend schwamm die Gruppe weiter. Lisa dachte angestrengt nach. Ihr kam Lanahs Erzählung seltsam bekannt vor. Hatte sie nicht von einer ähnlichen Begebenheit gelesen?

Lisa schwamm zu Peter und fragte ihn, ob er sich an etwas erinnern könne. „Du hast Recht, Lisa. Das passt alles zu dem Bericht, den wir über den verlorenen und wieder aufgetauchten Jungwal gelesen haben. Die dunkle Sichel im Sattel, der außergewöhnliche markante Ruf. Wie nannten sie den Wal noch gleich?"

„Springer", erwiderte Lisa, „Springer war der Name. Lesja könnte dieser Springer sein. Oh mein Gott, dann würde sie noch leben!" Peter bat Lisa, leise zu sprechen: „Nicht so laut. Es ist möglich, dass Lesja tatsächlich dieser Wal ist, aber wir können nicht sicher sein. Das würde bedeuten, dass wir bei den *Nördlich Residenten* Orcas sind; zwischen Vancouver Island und dem kanadischen Festland. Wow! Das ist cool!"

Als Simuna die Familie eingeholt hatte, nahmen sie die anderen in ihre Mitte. Simunas Mutter, die alte Matriarchin Xila, wich nicht von Simunas Seite. Die anderen Wale streiften zart mit ihrer Brustflosse an ihr entlang, um sie zu trösten und ihr zu zeigen, dass sie nicht alleine war. Selbst der freche Rhani suchte die Nähe seiner Mutter. Auch er war von großer Trauer erfasst. Piau war seine große Schwester gewesen.

In dieser sonderbaren Stimmung gefangen steuerte Xila nun auf eine enge Passage zu, die den Meeresarm, in dem sie sich aufgehalten hatten, vom offenen Meer trennte. Ebbe stand bevor. Die sich ins Meer zurückziehenden Wassermassen erzeugten in dem schmalen Durchgang einen mächtigen Sog.

„Zeit der Erinnerung", sagte Xila plötzlich.

Lisa und Peter wussten nicht, was sie damit meinte. Xila hielt genau auf das wild rauschende Wasser zu.

„Zeit der Erinnerung!"

Die Strömung wurde immer stärker. Lisa und Peter spürten, wie sie vom Wasser weggezogen wurden. Doch die Gruppe steuerte weiter hinein und überließ sich der Macht der Gezeiten. Schließlich tauchten sie alle ab. „Zeit der Erinnerung!" Die Kraft des Wassers übernahm das Kommando. Angst kam in den Kindern auf, als sie die Kontrolle verloren und mitgerissen wurden. Wilde Strudel hüllten ihre Körper ein. Sie waren nicht mehr in der Lage, sich zu orientieren.

Zeit der Erinnerung

„Seria, nein!", schrie Simuna und raste auf ihre Tochter zu. „Nein, Seria, friss diesen Fisch nicht!" Simunas Stimme klang panisch. Lisa und Peter wussten nicht, wo sie waren. Es war ein völlig anderer Ort als der, an dem sie sich noch wenige Sekunden zuvor aufgehalten hatten. Alle Wale der Familie schienen jünger zu sein. Jimee und Nipala fehlten. Die Kinder spürten seltsamerweise trotzdem ihre Gegenwart. Aber sie waren nirgends zu sehen.

Simuna rief wieder laut Serias Namen und raste wie eine Verrückte auf das junge Weibchen zu. Sie wollte verhindern, dass Seria den toten Fisch aß. Doch vergebens. Ehe sie ihre Tochter erreicht hatte, verschlang diese den Fisch.

Hektisch umkreiste die verzweifelte Simuna den jungen Wal und stieß schließlich der Kleinen vorsichtig ihren Kopf in den Bauch. „Spuck ihn wieder aus, Seria! Los, versuch es! Du wirst sonst krank! Der Fisch war nicht gut!" Inzwischen hatten sich alle Wale um Seria gedrängt und stießen und schubsten sie. Alle redeten dabei auf das junge Weibchen ein. Doch vergebens, sie würgte den Fisch nicht mehr hervor.

Die Kinder verstanden die Situation nicht. Peter wandte sich schließlich an Manulu, der jetzt noch wie ein Jugendlicher wirkte: „Was ist denn mit dem Fisch nicht in Ordnung?" „Er ist tot. Der Fisch ist tot. Ein toter Fisch ist kein gesunder Fisch. Wir haben fliegende Maschinen gesehen, die die Flüsse hinauf gesteuert sind. Sie haben irgendetwas auf das Wasser gesprüht. Es sah aus wie eine Art Nebel. Danach wurden lauter tote Fische von den Flüssen ins Meer gespült. Die sind nicht gesund. Die machen krank."

Große Besorgnis machte sich breit. Die Familie wich Seria nicht von der Seite. Nach einigen Stunden krümmte sie sich vor Schmerzen. Sie jammerte und Simuna versuchte, sie zu trösten. Alle waren da, doch niemand konnte ihr helfen.

Quälende Bauchkrämpfe ließen Serias Körper zusammenzucken. Es ging ihr von Stunde zu Stunde schlechter. Verzweiflung machte sich unter den Walen breit. Schließlich verlor Seria immer wieder für kurze Zeit das Bewusstsein. Abwechselnd hielten die andern Wale das junge Weibchen über Wasser, damit es nicht ertrank. Das Jammern wurde zu einem Gewimmer.

„Gib nicht auf!", brüllte Simuna „Bitte gib nicht auf!"

Als die Nacht hereinbrach, blieb Serias Herz stehen. Ihr Blasloch öffnete sich ein letztes Mal. Doch sie atmete nicht mehr ein. Seria starb.

*1

Die ganze Nacht hindurch hallten die Klagerufe der Familie durch die Bucht. Lisa stimmte in den traurigen Gesang mit ein. Selbst Peter entwichen einige mitfühlende Töne. Simuna stützte immer noch ihre tote Tochter, damit ihr lebloser Körper nicht in der Tiefe versank. Obwohl am Morgen die Wärme aus Serias jungem Leib gewichen war, hielt Simuna ihre Tochter den ganzen folgenden Tag und auch noch die Nacht hindurch an der Wasseroberfläche.

Schließlich schwamm Marete an Simuna heran. Er nahm ihr den leblosen Körper ab und trug ihn Huckepack in einen felsigen Teil der Bucht. Peter und Lisa wunderten sich, als Marete kurze Zeit später ohne Serias Leichnam zurückkehrte.

„Hier ist Serias Platz. Serias Platz für immer!"

Jetzt verstanden die Kinder. Die Familie drehte um und schwamm aus der Bucht hinaus. Simuna folgte ihnen widerwillig.

Xila erhöhte das Tempo und rief:

„Seria, Seria, Zeit der Erinnerung!"

Um sie herum begann es zu rauschen. Lisa und Peter wurden nach vorne gezogen und mitgerissen. Sie überließen sich dem Sog. Schnell verloren sie die Orientierung. Strudel kribbelten auf ihrer Haut. Vor ihren Augen zischten winzige Luftbläschen vorbei und sie hörten ein lautes Rauschen.

Als sie wieder die Kontrolle über ihre Körper hatten, waren sie am Ausgang der Meerenge angekommen. Die Geschehnisse hatten sich abgespielt, solange sie von der starken Strömung mitgerissen worden waren. Die Reise in die Vergangenheit war zu Ende.

Es war vorbei.

Die Umgebung war wie vorher. Alles war unverändert, wie vor ihrer unglaublichen Reise. Aber die Stimmung in der Gruppe war umgeschlagen. Vorher herrschte bedrückende Traurigkeit. Jetzt waren die Wale wie verwandelt. Sie sprangen ausgelassen aus dem Wasser, vollführten Kunststücke und zeigten ein fröhliches Verhalten.

Lisa und Peter waren verwirrt. Sie spürten noch die Gegenwart der kleinen Seria, als wäre sie ein bestehender Teil der Gruppe. Aber Seria war tot, gestorben, lange bevor Lisa und Peter zu Orcas geworden waren. Die alte Xila näherte sich den Kindern.

„Freut euch! Ihr habt Seria kennengelernt. Sie ist ein Teil von uns. Sie wird es immer bleiben. Genau wie all die anderen, die wir verloren haben. Keiner wird vergessen. Dadurch, dass wir uns an sie erinnern, leben sie mit uns weiter. Diese Zeiten der Erinnerung befreien uns von der Trauer. Kommt, freut euch mit uns!"

Xila schwamm zu den anderen. Lisa und Peter folgten ihr.

„Die sind ganz anders als wir, findest du nicht? Mich macht es eher traurig, wenn ich mich an jemand erinnere, der tot ist. Es tut weh, und ich vermisse denjenigen dann noch mehr."

Lisa fuhr zusammen, als Xila unvermittelt wieder neben ihr erschien. Sie hatte Lisas Worte gehört. „Lisa, es ist so, wie es ist. Das Geschehene kann man nicht ändern, die Toten nicht ins Leben zurückholen. Aber wenn wir an sie denken, bleiben sie ein Teil von uns, ein lebendiger Teil, auch über ihren Tod hinaus. Das erfüllt uns mit großer Freude!"

Peter stimmte ihr zu: „Xila hat Recht. Solange die Erinnerung lebt, ist niemand wirklich weg, nicht verschwunden, auch wenn er tot ist. Da ist was dran. Ich werde Seria jedenfalls nie vergessen." „Ich auch nicht", stimmte Lisa zu, „ich freue mich, dass ich sie kennengelernt habe."

Lisa und Peter fühlten sich nun längst nicht mehr so traurig. Langsam verstanden sie die Wale. Zusammen mit Xila schwammen sie zu den anderen. Sie ließen sich von der Fröhlichkeit der Familie anstecken und nahmen schließlich an dem ausgelassenen wilden Treiben teil. Selbst aus Simuna war jede Traurigkeit gewichen. Nun teilten alle die große Freude, die Freude der Erinnerung.

Kimmo - Ende Mai - Lebensfreude

Plötzlich waren sie da. Wie aus dem Nichts kamen sie zu Hunderten, nein, zu Tausenden. Königslachse. „Kimmo! Kimmo!", jubelten die Wale. „Endlich sind sie da." seufzte Balene erleichtert, „jetzt wird alles leichter." Sofort begann die Jagd auf die riesigen Raubfische. Doch immer noch teilte sich die Familie in kleine Gruppen auf. Während die Weibchen, Xila, Balene, Simuna und Lanah sowie die beiden Kleinen, Nipala und Jimee, in der Nähe der Flussmündungen jagten, hielten sich die Männchen in tieferen Gewässern auf. So hatten es die Weibchen mit den Jungtieren etwas leichter, Beute zu machen. Lisa schloss sich Lanah an, während Peter versuchte, sich Maretes Jagdtaktik abzugucken.

Auch Rhani war noch dabei, seine Jagdstrategie zu verfeinern und beobachtete Marete und Manulu genau. „Kimmo ist der Beste der Kas überhaupt!", jauchzte Rhani. Schon verfolgte Marete ein Riesenexemplar. Ständig behielt er den 1,60 m langen Fisch im Visier, entweder mit den Augen oder mit seinen Echoklicks. Ihm entging nicht die kleinste Bewegung des Lachses.

Die Haut des Königslachses schimmerte hellblau. Der Rücken jedoch war stahlblau gefärbt. Die schwarzen Tupfen auf Rücken und Schwanzflosse dienten offenbar der Tarnung, damit sich der mächtige Raubfisch unbemerkt seiner Beute nähern konnte. Doch bei den Schwertwalen funktionierte dieser genetisch bedingte Trick nicht. Jetzt war der Königslachs selbst der Gejagte. Den perfekt auf das Leben unter Wasser angepassten Sinnesorganen der Wale kann kein noch so gut getarnter Fisch entkommen.

Marete rief laut nach den anderen Männchen. Manulu, Rhani und auch Peter rückten auf und überholten Marete. In einer V-Formation schossen sie auf den 30 Kilogramm schweren Fisch zu. Flucht war unmöglich. Der Lachs versuchte ein Ausweichmanöver, wobei er Manulu jedoch geradewegs vor das Maul geriet. 48 riesige Zähne packten ihn. Manulus gewaltiger Kiefer schloss sich fester und das Knacken einer Wirbelsäule war zu hören. Mit kräftigen ruckartigen Bewegungen zerriss Manulu den Fisch in zwei Teile. Peter musste unweigerlich an ein Krokodil denken. Auch sie konnten ihre Beute nicht kauen, genauso wenig wie Haie. Wale besitzen konische Zähne, die ineinander greifen. Sie haben nur eine einzige Sorte von Zähnen. Diese können lediglich zupacken, nicht zermalmen, wie die Backenzähne der Menschen.

Manulu überließ Peter die zweite Hälfte des Lachses. Peter war begeistert. Der Königslachs schmeckte fantastisch und selbst dieser halbe Fisch machte eine ganze Mahlzeit aus. „Kimmo!", lachte Peter, „Kimmo!"

Ein anderes Wunder des Meeres war der Tang. Hellgrüne, bis zu 50 Zentimeter breite Blätter strebten vom Meeresboden der Oberfläche entgegen. In einem Tangwald war das Meer nur wenige Meter tief. Die riesigen Pflanzen wogten mit der Strömung hin und her. Es gab viele solcher Plätze. Die Wale liebten sie. Doch jedes Familienmitglied hatte seinen eigenen Grund dafür. Während die älteren Weibchen dort eine ruhige Zeit verbrachten, indem sie gemächlich hindurch schwammen, war es für Manulu und Marete eine Herausforderung, zwischen den Pflanzen nach besonders fetter Beute zu suchen, die sich dort sicher fühlte. Die jüngeren Wale spielten Verstecken.

Rhani, Peter, Lisa und die beiden Jüngsten, Nipala und Jimee, huschten zwischen den Blättern umher. Die Sicht war manchmal gleich Null, und das machte das Spiel für die Wale spannend. Rhani hatte bereits eine ausgefeilte Strategie entwickelt. Er ließ sich zuerst zurückfallen, schlängelte sich dann zügig zwischen den Blattstielen am Meeresboden nach vorne und schwamm schließlich den vier anderen Orcas entgegen.

Lisa zuckte vor Schreck zusammen, als Rhanis Kopf unvermittelt vor ihr zwischen den Blättern erschien. „Meduso!", schimpfte sie, „du spinnst wohl. Ich habe mich halb zu Tode erschreckt." Nipala und Jimee kicherten. Das bestärkte Rhani erst recht und wieder verschwand er hinter dem riesigen hellgrünen Vorhang. Peter nahm die Verfolgung auf.

Lisa, Nipala und Jimee blieben zusammen. Das gab ihnen ein gutes Gefühl. Es war zwar etwas unheimlich, doch in Gefahr waren sie nicht. Diesmal wollte Rhani zusammen mit Peter die anderen erschrecken, und so schwammen sie aus entgegengesetzten Richtungen auf die Weibchen zu. Sie kamen immer näher. Langsam schwamm Lisa mit den beiden Kleinen weiter. Nun trennten Peter nur noch einige Meter von den Dreien. Wenn alles klappen würde, müsste Rhani gleichzeitig von der anderen Seite kommen. Noch verwehrte das dichte Blättermeer den Blick nach vorne.

Näher, näher. Jeden Moment konnten hinter dem nächsten Blatt die Weibchen auftauchen. „Jetzt", flüsterte Lisa und schwamm steil nach oben. Jimee und Nipala taten es ihr gleich.

Sie hörten die überraschten Laute von Rhani und Peter, die unter ihnen total unverhofft zusammengestoßen waren. War da etwa ein kleiner Funken Angst in ihren Stimmen zu hören?

Stundenlang spielten sie noch weiter, bis die Familie schließlich aufbrach, um erneut Fische zu jagen.

Neumond

An diesem Abend schien der Himmel all seine Schleusen zu öffnen. Es goss in Strömen. 12 Stunden und 10 Minuten waren seit der letzten Flut vergangen. In einer Viertelstunde würde das Gezeitenwasser erneut seinen Höchststand erreichen.

„Diesmal wird das Vielwasser besonders stark", warnte Xila, „Wir müssen uns in Acht nehmen." Peter war bei solchen Bemerkungen immer hellhörig. Er wollte es genauer wissen. „Warum wird das, ähm", Peter war irritiert, denn der Begriff Vielwasser war für ihn neu, „das Vielwasser denn stärker als sonst?"

„Das liegt am Mond, Peter. Bei vollem Mond und ganz besonders, wenn Schwarzmond ist, kommt immer extrem viel Wasser. Dann ist der Unterschied zwischen Wenigwasser und Vielwasser besonders groß. Ganze Küstenteile werden dann überflutet und wir müssen gut aufpassen, wo wir hinschwimmen. Das ist unbekanntes Gebiet. Dass heißt, wenn wir nicht aufpassen, könnten wir plötzlich auf dem Trockenen liegen, wenn das Wasser wieder abläuft. Also bleibt zusammen und haltet euch von dem Flachwasser fern!"

Peter dachte über Xilas Worte nach. Er erinnerte sich an den Erdkundeunterricht: Der Stand des Mondes ist die Ursache für Ebbe und Flut. Bei Vollmond steht die Erde zwischen Mond und Sonne. Der Mond wird an der Erde vorbei beleuchtet, so dass man ihn durch den günstigen Blickwinkel als Scheibe sieht.

Die Ausnahme macht hier eine Mondfinsternis, bei der zwei bis dreimal im Jahr der Mond für maximal 115 Minuten im Schatten der Erde vorbeizieht. Bei einer totalen Mondfinsternis erscheint der Begleiter der Erde dann nicht mehr weiß-grau, sondern kupferrot bis dunkelgrau. Die anziehende Wirkung auf die Wassermassen der Erde bleibt jedoch gleich. Der Mond ist zwar kleiner, aber dafür der Erde näher als die Sonne, und somit überwiegt die Anziehungskraft des Mondes. Gemeinsam mit der Fliehkraft, die durch die drehende

Bewegung der Erdkugel entsteht, zieht der Mond das Wasser von der Erde weg.

Anders ist es bei Neumond. Bei Neumond hat der Mond dann genau die Position zwischen Erde und Sonne. Er verstärkt in diesem Augenblick die Anziehungskraft, die ohnehin die Sonne ausübt. Maximale Kräfte wirken dann auf die Ozeane. Peter freute sich im Stillen, dass sein Schulwissen endlich einmal eine praktische Anwendung fand.

Neumond (nicht maßstabsgetreu)

Mitternacht.

Tatsächlich, das Wasser war da.

Genau wie Xila es vorhergesagt hatte, stieg das Wasser noch einige Meter höher als bei der üblichen Flut. Zwischen dem Wasserstand von Ebbe und Flut gab es in dieser Nacht einen Unterschied von etwa 12 Metern. Die Küstenlinien wirkten nun fremd und unbekannt. Gebiete, die vorher für die Wale unerreichbar waren, bedeckte nun das Meer.

Vor wenigen Stunden war hier noch festes trockenes Land gewesen. Wo am Tag noch Hasen und andere Tiere Futter gesucht hatten, schwammen nun ganze Fischschwärme. Der freche Rhani war der erste, der sich unauffällig von der Familie entfernte.

„Rhani, wo willst du hin?", fragte Peter, als er bemerkte, wie sich der jugendliche Schwertwal davonstehlen wollte. „Ich will nur mal gucken. Bist du nicht neugierig?" „Doch, schon. Aber Xila hat doch gesagt ... " „XILA. Xila ist immer übervorsichtig. Das ist okay. Muss sie ja auch. Aber manchmal übertreibt sie. Los, komm mit!" Peter zögerte zuerst, doch dann folgte er Rhani widerwillig. Lisa bemerkte im letzten Moment, wie die zwei Freunde im Dunkeln verschwanden. Sofort überkam sie ein ungutes Gefühl.

Rhani steuerte auf das verbotene Flachwasser zu. Hier lag der Wasserstand bei gut 2 Metern. Das war gerade genug, damit ein Schwertwal sich darin bewegen konnte. Trotz Millionen funkelnder

Sterne war die Nacht pechschwarz. An Stellen, wo die Wasseroberfläche glatt und ohne Wellenbewegungen war, reflektierte das Wasser die verschiedenen Sternbilder. So schien es manchmal, als würde das Meer mit dem Himmel verschmelzen. Beinahe wirkte die ganze Umgebung wie der Weltraum selbst.

Dicht gefolgt von Peter schwamm Rhani in den gefährlichen Bereich des Ufers. Gras kitzelte ihre Bäuche. Erst vorsichtig, doch dann immer selbstbewusster, untersuchten sie ihre Umgebung. Dies war tatsächlich eine andere Welt, ein Welt, die für Orcas sonst unerreichbar war. Peter nahm vertraute Dinge war, doch er erlebte sie mit anderen Sinnen. Mit den Sinnen eines Wals. Bäume und Sträucher standen nun im Wasser. Dass er eine solche Umgebung bereits auf zwei Beinen betreten hatte, behielt er jedoch für sich. Er durfte Rhani sein Geheimnis nicht anvertrauen. Das Geheimnis, dass er eigentlich ein Mensch war.

Die Zeit verging wie im Flug. Peter und Rhani waren fasziniert von den ungewohnten Eindrücken. Sie untersuchten jeden erreichbaren Winkel und wagten sich immer weiter in das überflutete Ufergelände hinein. Sie hielten inne, als sie plötzlich die Rufe der anderen Wale hörten.

„Mist, sie haben gemerkt, dass wir abgehauen sind!", fluchte Peter, „Jetzt kriegen wir bestimmt Ärger." Rhani schien unbeeindruckt. Er überquerte gerade eine besonders seichte Stelle und verschwand dahinter in einer Mulde. „Rhani, lass uns lieber umdrehen. Die anderen klingen irgendwie nicht gerade erfreut." Und tatsächlich, die Rufe von Xila, Balene, Simuna und all den anderen hatten einen Unterton, der nichts Gutes erahnen ließ.

Nachdem Rhani und Peter nicht gleich wieder zurückgekehrt waren, hatte Lisa die anderen Wale auf das Fehlen der beiden aufmerksam gemacht. Zunächst hatte die Gruppe noch eine Weile abgewartet, ob die zwei jugendlichen Ausreißer von allein umkehren würden. Doch als sie nicht zurückkamen, entschlossen sie sich, nach ihnen zu suchen.

Peter konnte die Rufe jedes Einzelnen genau hören. Besonders Lisas Stimme drang eindringlich an sein Ohr: „Peter, Rhani! Wo

48

seid ihr?" Hatte er sich verhört? Hatte Lisa *Rhani* gerufen und nicht *Meduso*, wie sie seinen frechen Freund immer nannte? Das gab ihm zu denken.

„Rhani, ich glaube, sie finden uns hier nicht. Lass uns wieder ins tiefe Wasser schwimmen", bat er eindringlich. Doch Rhani antwortete nicht. „Rhani, wo steckst du?" Peter wurde ungeduldig. „Verdammt, nun sag doch was!" Er schwamm näher an die seichte Stelle heran, wagte aber nicht, sie zu überqueren. „Rhani!", brüllte Peter schließlich, so laut er konnte. Peter war hin- und hergerissen, was er tun sollte.

Über die gefährliche Untiefe wollte er nicht schwimmen, doch was war mit Rhani? Und warum riefen die anderen Wale so vehement nach ihnen? Peter lauschte. „Peter, Rhani! Kommt zurück! Kommt sofort zurück!" Inzwischen konnte Peter die Stimmen nicht mehr unterscheiden. Sie schienen alle gleichzeitig zu rufen, und ihre Worte vermischten sich, so dass er bald nichts mehr verstehen konnte.

Xila konnte Simuna nur mit Mühe davon abhalten, nach ihrem Sohn zu suchen. „Du darfst dort nicht hinschwimmen, Simuna! Du gefährdest dich auch noch. Das Wasser geht bereits zurück!" Lisa erschrak. Sie spürte die Angst in der Gruppe. „Niemand, hört ihr, niemand schwimmt dort hinein!", ermahnte Xila die Familie. Lisa konnte es jetzt fühlen, die Ebbe setzte ein, das Wasser wich wieder zurück ins Meer. Der überflutete Bereich der Küste würde also bald wieder festes Land sein. Festes Land. Und Peter war dort. Nicht Peter, der Mensch, sondern Peter, der Wal. Lisa geriet in Panik. Bisher hatten sie keine Antwort auf ihre Rufe bekommen. Weder Peter noch Rhani reagierten. Was war geschehen?

Die Klicklaute halfen ihnen in diesem Fall wenig. Das Wasser war so seicht und der Untergrund hügelig, so dass das Echo regelrecht verschluckt wurde. Lisa fasste schließlich einen Entschluss. Sie wollte nicht länger tatenlos zusehen, wie die Gefahr für ihre Freunde immer größer wurde.

Ohne noch länger zu zögern, schwamm sie vorsichtig in das Flachwasser hinein. Als Lanah das sah, brüllte sie ihr hinterher:

„Lisa, Lisa! Tu das nicht!" Doch Lisa schwamm weiter: „Ich werde aufpassen, Lanah. Aber Peter und Rhani brauchen jetzt jemand, der ihnen Bescheid sagt. Sie müssen da raus." Lanah blieb zurück und fühlte sich hilflos. „Lisa", flüsterte sie. Doch Lisa konnte sie nicht mehr hören.

Peter wurde nervös: „Rhani! Rhani! Mann, wo steckst du?" Keine Antwort. „Was mach ich bloß, was mach ich bloß?" Peter sprach mit sich selbst. „Rhani!" Inzwischen klang seine Stimme verzweifelt. Irgendetwas stimmte nicht. Sein Körper wurde hin und her geschaukelt. Täuschte er sich oder zog ihn tatsächlich etwas von der Stelle weg, an der er auf Rhani wartete? Sehen konnte er nichts, aber er hatte das sichere Gefühl, dass sich etwas veränderte.

Lisa suchte einen Weg durch das gefährlich flache Wasser. Manchmal musste sie einem Baum ausweichen, den seine mächtigen Wurzeln im Untergrund festhielten. Ein anderes Mal wählte sie den Weg direkt durch ein paar große Büsche. Die Zweige kratzten an ihrer Haut. Doch sie durfte keine Zeit verlieren.

Immer wieder hatte sie Schwierigkeiten, einen Durchgang zu finden, wo das Wasser noch tief genug für ihren mächtigen Walkörper war. Bei einer Wassertiefe unter zwei Metern wurde es kritisch. Sie fühlte die Erde unter sich.

Gerade, als Peter die Entscheidung getroffen hatte, die seichte Stelle zu überqueren, kam Lisa bei ihm an. „Da bist du ja. Gott sei Dank habe ich dich gefunden!", begrüßte sie ihn erleichtert. „Lisa!" „Wo ist Rhani? Wir müssen sofort hier raus! Das Wasser geht zurück, merkt ihr das denn nicht?" Erst jetzt begriff Peter, was gerade passierte. „Oh mein Gott!", sagte er bestürzt, „Rhani ist hinter diesem Hubbel. Da kommt man gleich gar nicht mehr drüber. Ich muss ihn holen." Ohne zu zögern trieb er seinen schwarz-weißen Körper mit seiner mächtigen Fluke an und glitt über die seichte Stelle hinweg. Lisa blieb zitternd zurück. „Beeil dich, Peter!", brüllte sie ihm nach.

Lisa wartete ungeduldig. Die Minuten verstrichen und weit und breit war nichts von den beiden Freunden zu entdecken. Der Sog wurde stärker, und nun konnte man es deutlich erkennen, wie die

Wassertiefe ständig abnahm. Wo blieben die zwei nur? Würde Lisa noch viel länger warten, gäbe es auch für sie kein Zurück mehr. Es war vorher schon nicht leicht gewesen, einen Weg vom Meer hierher zu finden. Bald würde es unmöglich sein, ausreichend tiefes Wasser für den Rückweg zu finden.

Plötzlich hörte sie Peter rufen: „Wir sind hier! Ich habe Rhani gefunden!" „Los, beeilt euch doch. Ihr schafft es gleich nicht mehr über die seichte Stelle!" „Nur keine Panik", bemerkte Rhani gelassen. Er stupste Peter an, damit dieser zuerst die kritische Stelle überqueren sollte. Peter zögerte einen Moment, schwamm dann aber los. Der Untergrund kratzte an seiner Haut. Er konnte kaum die Fluke auf- und abbewegen. Also trieb er sehr langsam über die seichte Stelle hinweg. Er glaubte, es schon geschafft zu haben, als er plötzlich am Bauch einen Felsen spürte. Der Felsen war glatt und tat nicht weh, drückte Peter jedoch so weit aus dem Wasser, dass dieser keinen Zentimeter mehr vorwärts kam. „Hilfe!", schrie er verzweifelt, „Ich stecke fest!" Lisa näherte sich ihm von vorne, doch sie konnte nicht helfen.

Peter hörte ein Rauschen hinter sich. Dann fühlte er einen mächtigen Stoß und schoss über die seichte Stelle hinweg. Dabei riss er Lisa mit sich. Hinter ihm rumpelte Rhani über den Felsen hinweg und alle drei Orcas landeten in dem tieferen Bereich des gefluteten Ufers. Während Peter und Lisa sich noch sammelten, nahm Rhani seine gelassene Haltung ein: „Ich hab' doch gesagt: Keine Panik."

Doch die Gefahr war noch nicht vorbei. Jetzt lag der Weg zum Meer vor ihnen. Ein Weg, der inzwischen zu einem lebens-bedrohlichen Labyrinth geworden war. Gemeinsam suchten sie einen Ausweg. Das Meer war so nah, doch viele ihrer Versuche endeten in einer Sackgasse. Und das Wasser sank weiter. Draußen im Meer riefen die anderen nach ihnen, und so konnten sie sich orientieren. Mehr als einmal mussten sie aber in die entgegengesetzte Richtung abdrehen, um einer seichten Stelle oder einem Baum auszuweichen.

Der Sog wurde stärker. Rhani hielt sich hinter Lisa und Peter. Er war kräftiger als die anderen, aber glücklicherweise nicht dicker. So konnte er manchmal den anderen einen Schubs verpassen, wenn sie leicht auf Grund gelaufen waren.

Doch würde das immer funktionieren?

Simuna war völlig außer sich. Würde sie noch eines ihrer Kinder verlieren? Rhani. Rhani, ihr zweiter Sohn. Lanah redete ihr gut zu, und Rhanis großer Bruder Manulu hielt sich knapp an der Kante zum Flachwasser auf. Er hoffte, die drei Schwertwale mit seinen Klicklauten zu erfassen. Ängstlich schmiegten sich die beiden Jüngsten, Jimee und Nipala an ihre Mütter. Doch Simuna war zu aufgeregt, um ihre Tochter zu beruhigen. Jimee spürte ihre Unruhe und suchte deshalb die Nähe ihrer Großmutter Balene. Sie war mit ihren 54 Jahren sehr erfahren und blieb ruhig, obwohl die Situation für alle in hohem Maße aufregend war.

Alle hatten Angst. Angst, die drei Ausreißer würden den Weg zurück ins Meer nicht mehr rechtzeitig finden. Alle wussten, was dann passieren würde. Sie würden stranden. Ihre tonnenschweren Körper würden nicht mehr durch das Wasser getragen werden, und ihre Knochen würden unter der Last des eigenen Körpergewichtes brechen. Ihre Rippen würden bei einer ruckartigen Bewegung zersplittern und sich in ihre Lunge bohren.

Falls sie tatsächlich durch ein Wunder bis zum Morgen überleben würden, bedeutete die Sonne ihren endgültigen Tod, denn ihre Haut würde austrocknen. In seltenen Fällen hatte ein gestrandeter Wal es geschafft, bis zur nächsten Flut zu überleben. Doch diesmal würde das Wasser nicht nach 12 Stunden und 25 Minuten wiederkehren. Wo Rhani, Peter und Lisa in diesem Augenblick waren, würde es Monate dauern, bis erneut eine derartig starke Flut das Gelände unter Wasser setzen würde. In diesem Fall gab es keine Alternative, keinen Plan B. Sie mussten es schaffen. Sie mussten es jetzt schaffen ... jetzt oder nie!

Marete hatte sich inzwischen zu Manulu an den Rand der felsigen Küste gewagt. Beide schickten ununterbrochen ihre Klicklaute in das überflutete Gebiet, während die Weibchen im Hintergrund die Namen der Vermissten riefen: „Rhani! Peter! Lisa!"

Die Ebbe zog mit aller Macht das Wasser zurück ins Meer, welches das Ufer überspült hatte. Rinnsale plätscherten bereits an manchen Stellen von den Felsen herab. Eigentlich konnte kaum noch genug Wasser auf dem Land sein, um Schwertwalen eine schwimmende Bewegung zu ermöglichen.

„Seid ruhig!", herrschte Manulu plötzlich die Weibchen an. Hatte er etwas gehört?

Soweit es die Wassertiefe zuließ, näherte er sich dem Flachwasser. Manulu war 21 Jahr alt und ausgewachsen. Ebenso wie Marete mit seinen 33 Jahren war er nicht mehr in der Lage, das seichte Wasser zu überqueren. Ihre Körper waren zu groß.

Die Spannung war beinahe unerträglich. Jimee wimmerte leise, und Nipala suchte bei ihrer Mutter Lanah Trost. Hoch konzentriert hatte Marete eine Stelle ausgemacht, wo der herabfließende Wasserschwall noch am tiefsten zu sein schien. Die beiden Männchen postierten sich dort. Doch auch hier schien das Wasser so seicht, dass ein Orca die Stelle kaum passieren konnte. An diesem Platz war die Chance jedoch noch am größten, dass die drei durchkommen könnten.

Es herrschte absolute Finsternis. Nichts war zu sehen. Sprudelnd floss das Wasser durch diese kleine Untiefe zurück ins Meer. Die Familie verharrte regungslos.

Wie aus dem Nichts schoss Lisa auf Marete und Manulu zu. Sie konnten gerade noch ausweichen. Peter folgte; doch genau wie einige Minuten zuvor blieb er erneut stecken. Er war zwar gleich alt wie Lisa, doch sein Körper war etwas größer und dicker, weil er ein Männchen war. Mit dem Kopf hatte er bereits das Meer erreicht, doch der Bauch lag auf Grund. Schon wieder. Noch ehe Marete oder Manulu reagieren konnten, sauste hinter Peter erneut Rhani heran und auch diesmal gelang es ihm, Peter nach vorne zu bewegen.

Doch diesmal blieb Rhani selber stecken. Der Schwung hatte nicht gereicht, um auch seinen Körper vollständig über die Untiefe zu bringen. Manulu näherte sich seinem jüngeren Bruder, dessen Kopf bereits über tieferem Wasser schwebte. Sein Bauch jedoch hing an derselben Stelle fest, die auch Peter ausgebremst hatte. Es war aber niemand da, um Rhani von hinten anzuschieben. Er war der letzte, der das Flachwasser verlassen wollte.

Manulu schwamm von unten an Rhanis Kopf heran und drehte dann zum Meer hin ab. Dabei streifte er Rhanis Kopf und übte somit eine ziehende Wirkung auf Rhanis Körper aus. Marete tat es ihm gleich. Abwechselnd führten sie jetzt dieses taktische Manöver aus. Es war äußerst schwierig. Sie durften sich selber nicht an den Felsen verletzen, mussten aber doch nahe genug an Rhani heran, damit sie ihn durch die streifende Berührung aus der Untiefe ziehen würden. Es schien zu funktionieren. Stück für Stück rutschte Rhani über den glatten Felsen hinweg. Schließlich schlug er kräftig mit seiner Fluke und konnte sich mit einem Ruck befreien. Als Rhani die erleichterten Blicke der anderen Wale wahrnahm, musste er lachen:

„Hey, nur keine Panik!"

*2

 **Der Grauwal**

Es waren wundervolle Tage. Königslachse suchten zu Tausenden den Weg in die Flüsse, um zu laichen. Für die Schwertwale bedeutete das: Futter ohne Ende. Die Sonne schien nun häufiger als im Mai. Die Wassertemperatur nahm deutlich zu. Sie lag jetzt ungefähr bei 13 Grad Celsius. Es gab für Peter und Lisa inzwischen keinerlei Zweifel. Sie befanden sich im Bereich zwischen dem nördlichen Vancouver Island und dem Festland Kanadas. Zwischen den unzähligen großen und kleinen Inseln und in den kilometerweit ins Landesinnere reichenden Meeresarmen verbrachte die Familie eine unbeschwerte Zeit.

Lisa und Peter lernten die Umgebung schnell kennen. Tag für Tag gewannen sie neue Kenntnisse über die Umrisse und Küstenbeschaffenheit der Inseln, über Strömungen und Wassertiefen, über die Flussmündungen und den Pflanzen- und Tierbestand unter Wasser. Die vielen Informationen fügten sich wie ein Puzzle zusammen. In ihren Köpfen entstand eine Art Landkarte. Sie enthielt jedoch mehr Hinweise und Fakten, als man auf jeder von Menschen geschaffenen Karte hätte finden können.

Die Orcas hatten für alle Orte ihre eigene Bezeichnung. Die Blackney Passage mit ihrer starken Strömung zum Beispiel hieß „Ort der Erinnerung". Hier strömt das Wasser besonders kräftig zwischen den Inseln Harbledown Island und Parson Island im Osten und Hanson Island im Westen hindurch. Bei hereinkommender Flut drückt der Pazifische Ozean mit aller Macht das Wasser durch den bis zu 800 Meter breiten Durchgang in die Johnstone Strait. Wenn das Wasser bei Ebbe zurückweicht, entsteht ein mächtiger Sog aus der Johnstone Strait heraus. Das Meer ist hier im Durchschnitt nur 30 Meter tief. Viele Untiefen machen diese Passage für größere Boote äußerst gefährlich. Doch die Wale nutzten die starke Strömung für ihre Zwecke: Ort der Erinnerung.

Sie durchschwammen diese enge Passage regelmäßig, hatten aber bisher nur das eine Mal eine Zeitreise erlebt.

Würde es jemals wieder passieren?

Lisa und Peter dachten viel über die Reise in die Vergangenheit nach. Es war eine neue, eigentlich unglaubliche Erfahrung gewesen. Und doch kam es ihnen im Nachhinein vertraut vor, beinahe selbstverständlich. Von den anderen unbemerkt unterhielten sie sich über Simuna, ihre vermisste Tochter Piau und deren Tochter Lesja, die von den Menschen Springer genannt wurde.

Piau schien tot zu sein, daran gab es offenbar keinen Zweifel.

Aber für Lesja gab es noch Hoffnung. Peter und Lisa wünschten sich nichts sehnlicher, als dass es den Forschern gelingen würde, Lesja (Springer) zu den *Nördlich Residenten* Walen zurückzubringen. Aber dieses Unterfangen erschien ihnen nicht durchführbar. So behielten sie ihr Wissen für sich. Wie hätten sie auch erklären sollen, WOHER sie diese Dinge wussten?

An einem sonnigen Nachmittag trafen sie nördlich von Midsummer Island auf einen Grauwal. Für die meisten Familienmitglieder war es kein außergewöhnlicher Anblick. Lisa und Peter näherten sich dem Wal jedoch bis auf wenige Meter. Jimee und Nipala schienen ebenfalls neugierig zu sein und folgten den Beiden. Der graue Wal maß etwa 13 Meter. Sein Rücken war mit weißen Sprenkeln übersät. Grauwale gehören zu den Bartenwalen. Anstatt Zähne haben sie ausgefranste Hornplatten vom Oberkiefer herunterhängen. Sie können also nicht zubeißen, sondern filtern ihre Nahrung aus dem Wasser. Im Gegensatz zu den Zahnwalen, wie es die Orcas sind, haben Bartenwale zwei Blaslöcher. Elegant drehte sich der Grauwal auf die rechte Seite und durchpflügte den schlammigen Meeresboden nach Beute. Das Wasser war hier so seicht, dass dabei seine linke Brustflosse und die halbe Fluke aus dem Wasser ragten.

Es war ein interessantes Schauspiel. Peter, Lisa und die beiden jungen Weibchen sahen fasziniert zu.

„Siehst du die Barten?", fragte Peter zu Lisa gewandt. „Ja. Ich kann sie sehen. Schau mal, nun schließt er sein Maul und drückt den Schlamm wieder heraus. Innen an den Barten bleibt jetzt bestimmt irgendwas Essbares hängen. Was er wohl gerade runterschluckt?" Peter lachte: „Ich glaube, das willst du eigentlich gar so genau wissen!" Jimee und Nipala kicherten. Sie wussten, was Peter meinte. Die Nahrung der Grauwale besteht aus Krebsen, Würmer und bodenlebenden Fischen. Nichts für den Geschmack eines Orcas.

Sie schwammen wieder nach Süden, als Simuna abermals zurückblieb. Auch diesmal setzte die Familie langsam und schweigend ihre Reise fort, während Simuna die herzzerreißenden Rufe nach ihrer Tochter und ihrer Enkelin in die Weite des Meeres aussandte. Peter und Lisa schien es, als würde es bei jedem Mal hoffnungsloser klingen. Wenn sie ihr doch nur Mut zusprechen könnten.

Balene gesellte sich zu Lisa und Peter. Sie spürte die Unruhe der beiden, konnte sie jedoch nicht deuten. „Ihr müsst Simuna Zeit lassen. Ich weiß, manchmal könnte man ungeduldig werden. Uns ist längst allen klar, dass Simuna nie eine Antwort auf ihre Rufe bekommen wird. Aber noch hat meine kleine Schwester die Hoffnung nicht aufgegeben und solange das nicht geschieht, kann sie ihre Tochter und ihre Enkelin nicht in ihre Erinnerung aufnehmen. Wir können nur hoffen, dass es bald geschieht. Sie muss aufgeben, nach ihnen zu suchen. Erst dann finden wir alle wieder Frieden. Aber drängen dürfen wir Simuna nicht. Es muss ihre eigene Entscheidung sein, den Tod von Piau und Lesja zu akzeptieren."

Lisa und Peter waren unschlüssig, wie sie auf Balenes Bemerkung reagieren sollten. Doch Balene war weise genug, um ihre Worte erst einmal wirken zu lassen. „Versteht ihr, was ich meine?", fragte sie schließlich. Peter gab ein undeutliches: „Ja, schon" von sich. Lisa zögerte mit einer Antwort: „Und wenn Spr ... Lesja doch vielleicht noch lebt?"

Peter warf ihr einen warnenden Blick zu. Balene schien den Versprecher jedoch nicht bemerkt zu haben. „Lisa, Lesja könnte ohne Piau nicht überleben. Sie ist zu jung. Als wir sie im Sturm verloren, war sie noch vollkommen von Piaus Milch abhängig. Sie war da zu diesem Zeitpunkt nicht einmal ein Jahr alt. Wie kommst du darauf, dass Lesja überlebt haben könnte?"

Lisa wurde verlegen. Was sollte sie antworten?

In diesem Moment schloss sich Simuna wieder der Gruppe an. Ihre Gegenwart ließ nicht zu, dass Lisa antwortete. Balene schwamm an die Spitze der Gruppe zu ihrer Mutter Xila. Peter war wütend: „Da haben wir aber nochmal Schwein gehabt! Konntest du nicht deine Klappe halten?"

Simuna schwamm an Peter vorbei und er verstummte. Lisa warf der 38-jährigen Schwertwalmutter einen mitfühlenden Blick zu. Ja, Simuna hatte immer noch drei Kinder bei sich: Manulu, Rhani und die kleine Jimee. Aber sie hatte bereits ihre Tochter Seria verloren und nun sollte sie sich auch noch mit dem Verlust ihrer ältesten Tochter und ihrer Enkeltochter abfinden. Simuna hatte jedes Recht, traurig zu sein. Und hatte sie nicht auch das Recht auf Hoffnung?

 **Der Kratzstrand**

Diesmal durchquerten sie auf dem Weg nach Süden nicht die Blackney Passage. Sie wählten den Weg westlich an Hanson Island vorbei. Schiffslärm dröhnte aus der Ferne. Zwischen Alert Bay auf Cormorant Island, Sointula auf Malcolm Island und Port McNeill auf Vancouver Island herrscht ein reger Fährverkehr. Sechsmal am Tag wird Alert Bay angesteuert und in Richtung Sointula verlassen. Doppelt so häufig pendelt die Fähre zwischen Port McNeill und Sointula. Die Routen der Fähren markieren ein Dreieck.

Die Wale nannten dieses Gebiet: „Region des Schweigens". Die Lautstärke der Schiffsmotoren liegt bei etwa 160 Dezibel. Zum Vergleich, ein normales Gespräch unter Menschen findet bei 55 Dezibel statt. 130 Dezibel ist die Lautstärke bei Autorennen und von Düsenjägern. Hier ist für Menschen die Schmerzgrenze erreicht.

Für Wale, die die Welt vorwiegend über ihr Gehör wahrnehmen, liegt diese Grenze mit Sicherheit woanders, wahrscheinlich tiefer. So schwammen sie zügig und ohne einen einzigen Ton abzugeben durch die „Region des Schweigens". Ihre Schädel dröhnten und die Knochen vibrierten mit dem pulsierenden Pochen der Schiffsschrauben und den stampfenden Motoren. Erst als sie unterhalb von Alert Bay nach Osten abdrehten, ließ der Lärm allmählich nach. Die ersten Wale brachen ihr Schweigen.

„Schwimmen wir zum Kratzstrand?", fragte die kleine Nipala ihre Mutter. Lanah pfiff ihr ein „Ja" zu. Peter und Lisa warfen sich fragende Blicke zu. Die Stimmung der Wale wurde von Stunde zu Stunde besser. Ausgelassen sprangen Marete und Manulu aus dem Wasser. Rhani vollführte akrobatische Kunststücke.

Auch die Weibchen schienen gut gelaunt zu sein. Selbst Simuna drehte sich gelegentlich auf die Seite und streckte eine Brustflosse aus dem Wasser. Nipala und Jimee waren offensichtlich sehr aufgeregt, denn sie atmeten häufiger als sonst.

Gegen Abend erreichten sie Robson Bight. Hier findet der Fluss Tsitika mit seinen kleinen Nebenflüssen den Weg von der großen Insel Vancouver Island ins Meer. Vor den Walen erschien ein breites Flussdelta, umrandet von weitflächigen Bereichen mit Kiesstrand.

Lisa und Peter wussten nicht so recht, was sie dort erwartete. Sie blieben zunächst bei der Gruppe der Weibchen. Doch als Rhani davonschoss, konnte Peter nicht widerstehen. Er trieb seinen Körper mit mächtigen Schlägen seiner Schwanzflosse an und folgte Rhani. Lisa machte sich Gedanken: Warum rief niemand den Beiden nach? Als hätte Lanah ihre Gedanken lesen können, stupste sie Lisa leicht mit ihrem Flipper an: „Schwimm ruhig hinterher! Wir kommen sowieso alle nach!" Das ließ sich Lisa nicht zweimal sagen. So schnell sie konnte folgte sie den beiden Freunden.

Noch bevor Lisa die zwei Ausreißer eingeholt hatte, hörte sie bereits ein knirschendes, klapperndes Geräusch. Rhani und Peter rieben ihre Körper an dem steinigen Untergrund. Die Kiesel klackerten und rollten unter ihren riesigen Körpern zur Seite. Dabei ließen die zwei Orcas Töne erklingen, die keinen Zweifel aufkommen ließen. Diese Kratzaktion schien ganz offenkundig sehr angenehm zu sein. Ehe sich Lisa versah, wurde sie von den anderen Walen überholt. Ohne zu zögern gesellten sich alle zu Peter und Rhani. Lisa beobachtete die Familie eine ganze Weile. Sie wirkten so gelassen und entspannt. Selten hatte Lisa die Wale so vergnügt gesehen. Selbst Simuna schien alle Sorgen verdrängt zu haben und genoss die Massage durch die Kieselsteine. Als Lisa sich an diesem Anblick der fröhlichen Orcas sattgesehen hatte, mischte sie sich unter die anderen. Als ihr Bauch den mit Kies bedeckten Boden berührte, konnte sie die anderen verstehen: Es war herrlich!

In der Nacht erschienen andere Schwertwale. Schon von weitem riefen sie, und die Familie antwortete begeistert. „Es ist Schepee mit ihrer Familie", erklärte Balene. „Wir haben gemeinsame Erinnerungen. Hört genau hin! Sie hat ihre beiden Kinder dabei und fünf Enkel. Ist das eine große Freude!" Die Familie wartete freudig auf das Eintreffen der anderen Gruppe.

Als sie am Kratzstrand ankamen, gab es ein wildes Durcheinander. Jeder begrüßte jeden und streifte dabei sanft mit einer Brustflosse an dem anderen vorbei. Als Schepee zu Xila kam, legten sie Stirn an Stirn und verharrten eine sehr lange Zeit in dieser Position. Die Ruhe der beiden Anführerinnen passte so gar nicht zu dem wilden Tumult der anderen Begrüßungszeremonie.

Ein Enkelsohn von Schepee, weniger als ein Jahr alt, schwamm wie von Sinnen zwischen Nipala und Jimee hin und her. Er drehte sich um die eigene Achse und schien dabei beinahe die Orientierung zu verlieren, so wild zappelte er herum. Lisa und Peter wurden ebenfalls herzlich begrüßt. Es schienen keine Worte nötig zu sein, um die Anwesenheit der beiden Fremden zu erklären.

Das gab den Kindern ein weiteres Rätsel auf. Warum war ihre Gegenwart für die Orcas immer so selbstverständlich? Niemand stellte je die Frage, vor der sie sich insgeheim fürchteten:

Woher kommt ihr?

Mehrere Tage verbrachten die beiden Familien zusammen am Kratzstrand. Ihr fröhliches Treiben wurde nur von der Futtersuche und von Ruhepausen unterbrochen. Lisa hörte, wie Schepee die alte Xila fragte: „Was ist mit Simuna? Ruft sie noch?"

Xila schwamm ruhig neben Schepee. „Ja, sie ruft immer noch nach Piau und Lesja. Ich mache mir langsam große Sorgen. Sie MUSS endlich aufgeben und die Erinnerung zulassen. Meine Tochter wird sonst keinen Frieden finden, und meine Enkelin und meine Urenkelin können nicht in unsere Erinnerungen aufgenommen werden. Ihr Bild wird immer mehr verblassen. Das darf nicht passieren."

„Du musst bald mit ihr reden, Xila!"

„Ich weiß. Aber sie ist noch nicht so weit. Solange Simunas Hoffnung nicht gestorben ist, können wir diesen Schritt nicht tun. Ich bin zuversichtlich, dass sie den Tod der beiden akzeptiert, wenn die Kas nicht mehr schwimmen." „Du magst recht haben. Dann wird das Wasser kälter und es ist leichter, die Hoffnung gehen zu lassen." „Und wer weiß, was bis dahin passiert?" Xila warf Lisa einen Blick zu und Lisa fühlte sich beim Lauschen ertappt.

Am nächsten Morgen trennten sich die Familien. Während Schepee ihre Familie nach Westen führte, steuerte Xila die Blackney Passage an. Allen war diesmal klar, es würde eine *Zeit der Erinnerung* folgen. Doch niemand wusste, was sie erwarten würde. Lisa und Peter blieben dicht zusammen. Sie fühlten ein Unbehagen, während die anderen dem Ereignis mit Begeisterung entgegensahen. „Wenn ich Lanah richtig verstanden habe, wird immer an schreckliche Dinge erinnert, um sie zu verarbeiten. Warum denken sie denn bloß nicht an schöne Situationen? Ich würde das viel lieber tun."

Lisa war ratlos. „Ich weiß auch nicht. Vielleicht steckt darin eine Warnung. Schau, Nipala und Jimee werden bestimmt nicht so schnell einen vergifteten Fisch essen. Sie wissen jetzt, was mit Seria passiert ist. Womöglich geben sie so ihr Wissen an die Kleinen weiter."

Sie steuerten in die Blackney Passage. Die Strömung nahm stark zu. Lisa und Peter hatten keine Wahl. Auch wenn sie sich vor dem bevorstehenden Ereignis fürchteten, sie mussten es durchstehen.

„Zeit der Erinnerung!", ertönte Xilas alte Stimme ungewohnt kräftig.

„Zeit der Erinnerung!"

Panik

Sie schwammen zum Meeresboden, wo die Strömung am stärksten war. Ein ungeheurer Sog zog sie sofort mit sich, und ein ohrenbetäubendes Rauschen umnebelte ihre Sinne. Sie verloren die Orientierung. Unfassbare Mächte rissen die Wale mit sich fort.

Als Peter und Lisa wieder zur Besinnung kamen, schwammen sie ruhig in eine wundervolle Bucht hinein. Sie sahen sich um. Es war so friedlich hier, geradezu idyllisch.

Was sollte schon Schreckliches passieren?

Allmählich wich ihre Anspannung. Einen ganzen Teil der Familienmitglieder um sie herum kannten sie nicht und viele ihrer Freunde fehlten: Marete, Lanah, Nipala waren verschwunden; ebenso wie Manulu, Rhani und Jimee. Xila war noch jung, vielleicht 30 Jahre alt. Ihr angeschwollener Bauch verriet es sofort: sie trug ein Junges in sich. Die Geburt musste kurz bevorstehen. Balene hätten sie beinahe nicht erkannt, sie war fast noch in einem jugendlichen Alter, doch sie hatte bereits ein Junges. Aber das Junge war nicht Marete.

Der Zeitsprung musste diesmal enorm sein. Peter schätzte ihn schließlich auf fast 40 Jahre. Die Kinder beobachteten alles sehr aufmerksam, damit sie die neuen beziehungsweise „alten" Familienmitglieder zuordnen konnten. Da war zunächst Lafana. Sie war etwa 11 Jahre und Xilas Tochter. Lafana war also Balenes jüngere Schwester. Und noch ein weiteres Kind von Xila war da, Hou, ihr fünfjähriger Sohn. Mit einem Mal wurde Peter klar, dass Xila ursprünglich also vier Kinder gehabt hatte. Nur Balene und Simuna waren ihr bis zur Gegenwart geblieben. Das ließ nichts Gutes erahnen.

Balenes fünfjähriger Sohn hieß Zati. Außerdem entdeckten sie noch Tame, Xilas zwanzig Jahre jüngere Schwester. Die Familie bestand zu dieser Zeit also nur aus sechs Walen.

Lisa und Peter blieben etwas abseits. Das war nicht IHRE Familie und bald würde etwas passieren, an dem sie nicht wirklich teilnahmen.

Schon dröhnten die ersten Schiffsmotoren. Das Geräusch kam schnell näher. Dem Lärm ausweichend schwammen die Wale weiter in die Bucht hinein. Als sich hinter ihnen die Boote an den Eingang der Bucht positionierten, wurde es Lisa plötzlich klar: „Wir sitzen in der Falle!"

Unruhig schwamm die Familie hin und her, während die Leute auf den Booten ein Netz vor den Ausgang der Bucht spannten. Jedes Mal, wenn sich ihnen ein Wal näherte, schlugen sie mit Gegenständen auf die Wasseroberfläche. Der Krach erzielte seine Wirkung, der Wal drehte jedesmal ab. Xila wurde immer nervöser. Ihre jüngsten Kinder, Lafana und Hou, blieben dicht bei ihr. Balene kümmerte sich um ihren Sohn Zati. Er war ein frecher kleiner Kerl, der immer wieder neugierig zu den Booten hinübersah. Die Wale hatten für diese Situation keine Erklärung. Was geschah jetzt?

Peter wusste es: „Oh mein Gott, sie wollen welche einfangen." Lisa war entsetzt: „Du meinst, für ein Delfinarium?"

Motoren jaulten laut auf, als zwei kleinere Boote in die Bucht sausten. Sie trieben die Wale hin und her, und schließlich gerieten die Tiere in Panik. Es war ein schreckliches Durcheinander. Die Boote jagten zwischen den Walen hindurch. Xila versuchte, sich schützend vor ihren jüngsten Sohn Hou zu schieben. Sie drückte ihn unter Wasser, damit er nicht von dem heranpreschenden Boot verletzt werden konnte. Sie selbst erreichte jedoch nicht mehr die nötige Tiefe, um der rotierenden Schiffschraube zu entkommen.

Vor Schmerz jaulte sie auf, als die scharfe metallene Kante die Spitze ihrer Rückenflosse abschnitt. Xilas Blut und ihre Schmerzensschreie versetzten die Orcas nur noch mehr in Panik.

Die Männer auf dem Boot schrien und Lisa sah mit Entsetzen die Anzeichen von Vergnügen in ihren Gesichtern. Von den Orcas unbemerkt war in dem Durcheinander noch ein weiteres Netz ausgelegt worden. Als die Lage endlich wieder überschaubar war, waren die beiden jüngeren Kinder von Xila und Balenes Sohn Zati von den anderen getrennt. Lafana, Hou und Zati riefen nach ihren Müttern. Die Menschen hatten sie in eine kleine Ecke der Bucht getrieben und die dünne, doch unüberwindbare Barriere aus Netz um sie herum zugezogen. Xila und Balene stießen verzweifelte Rufe aus. Noch immer pochte der Schmerz in Xilas Finne, doch die Sorge um die Kinder war größer.

Plötzlich entstand ein Moment der Stille. Es war nur ein kurzer Moment des Innehaltens, des Erkennens der Machtlosigkeit. Dann schwammen Xila, Balene und Tame wieder nah an das Netz heran, das sie von ihrem Nachwuchs trennte. Sofort wurden sie von Motorbooten abgedrängt. Ein Mann schlug Balene mit einem Knüppel auf den Kopf. Doch die besorgten Mütter gaben nicht auf. Das Schreien ihrer Kinder wurde wieder lauter. Während sich die drei jungen Wale eng aneinanderdrängten, versuchten sich nun kleinere Boote zwischen sie zu manövrieren.

Die Orcas gerieten von Neuem in Panik. An Stelle des vertrauten Körpers eines Familienmitgliedes berührte sie nun der kalte blanke Stahl eines Bootes. Durch den furchtbaren Lärm verloren sie die Orientierung vollends, und schließlich dümpelte Hou regungslos im Wasser. Erst als er spürte, wie sich ein Netz um seinen Körper zu legen begann, schlug er wild mit seiner Fluke. Hilflos mussten Xila und Balene zusehen, wie Hou mit einem Kran aus dem Wasser gehoben wurde. Vor Angst quietschend zappelte er in der Luft und wurde schließlich auf einen Lastwagen gehoben. Xila und Balene verstanden nicht, was geschah.

Lisa und Peter schon. Doch sie waren nur Zuschauer bei diesem grausamen Schauspiel, vor lauter Entsetzen zu keiner Erklärung fähig.

Schließlich verhallten die Rufe von Hou, als sich der Lastwagen vom Strand entfernte. Dann stieß der kleine Zati einen Schmerzensschrei aus. Auch um ihn hatten sie ein Netz gelegt. Kurz bevor er aus dem Wasser gehievt wurde, schlug er wild um sich und verhedderte sich in dem Netz.

Er lag nun auf der Seite. Als sein Gewicht nicht mehr vom Wasser getragen wurde, brach der Knochen seines Flippers. Die Schreie ihres Sohnes zerrissen Balene beinahe das Herz. Die

Männer schienen ungerührt. Sie luden auch Zati auf einen Wagen und fuhren davon.

Nun war noch Lafana gefangen. Sie war mit ihren elf Jahren etwas größer als die beiden anderen. Die Männer hatten mit ihr deshalb Probleme. Sie versuchten, das Netz um ihren Körper zu legen. Doch es gelang ihnen nicht so wie bei Zati und Hou. Nach einer Weile wurden sie ungeduldig. Sie setzten die Winde in Gang, obwohl das Netz dem großen Walkörper noch keinen sicheren Halt bot. Der Kran wackelte, als er die zappelnde Lafana aus dem Wasser hob. Sie schrie und schlug wild um sich. Ihre Fluke hing frei in der Luft, weil das Netz dort nicht unter ihren Körper gezogen worden war. Durch das hohe Gewicht von Lafana und ihren kräftigen Bewegungen geriet der Kran immer mehr ins Wanken.

Nur ruckartig bewegte er sich zur Seite, um den Wal an Land zu hieven. Lafana schwebte nun etwa sechs Meter über dem steinigen Boden. Wildes Geschrei machte sich unter den Männern breit. Sie fuchtelten mit den Armen und signalisierten, dass der Kran umzustürzen drohte. Da hörte Peter einen Mann schreien und zu seiner Überraschung verstand er seine Worte:

„She is too old, anyway! Cut her off!"

(engl.: „Sie ist sowieso zu alt! Schneide sie ab!")

Noch ehe Peter die Tragweite dieser Worte fassen konnte, löste ein Mann eine Verankerung an der Winde. Lafana stürzte sechs Meter in die Tiefe. Sie schlug hart auf dem Steinboden auf und blieb blutend liegen. Ihr Körper zuckte. Ungeachtet des schwer verletzten Orcas bauten die Männer den Kran ab. Sie entfernten die Netze und fuhren ihre Boote aus der Bucht. Achtlos ließen sie die sterbende Lafana am Strand zurück.

Es schien eine Ewigkeit zu dauern, bis der Weg zu ihr frei war. Doch als die anderen endlich zu dem schwer verletzten Wal schwimmen konnten, war es zu spät. Sie war tot. Aus ihren zahllosen Wunden floss das Blut und färbte das Wasser rot.

Peter konnte es nicht fassen, was sich gerade abgespielt hatte. Ihm war klar, dass Wale für Delfinarien gefangen wurden, aber dass die Fänger derart skrupellos vorgingen war einfach erschreckend.

Peter hasste diese Männer und er hasste plötzlich die Delfinarien, für deren Profit die Wale gefangen wurden. Lisa war Tame, Balene und Xila gefolgt. Sie wollte es nicht wahrhaben, dass Lafana dort hatte sterben müssen. Ihr Tod war so sinnlos. Die Leute hatten sie einfach umgebracht, weil sie für sie nutzlos war. „Too old" hatte der Mann gesagt. Und dann war es für die Männer egal, was mit ihr passierte: Sie hatten Lafana weggeworfen, wie einen unbrauchbaren Gegenstand.

Die beiden verwaisten Mütter schwammen stundenlang durch die Bucht, ohne auch nur einen Laut von sich zu geben. Lisa hatte beinahe das Gefühl, als warteten sie auf die Rückkehr von Hou und Zati. Aber den Kindern war klar, sie würden niemals zurückkehren.

Die Wunde an Xilas Flosse hatte aufgehört zu bluten. Das Salzwasser beschleunigte die Heilung. Mit der Zeit wurde Xila jedoch unruhiger. Balene und Tame blieben dicht bei ihr. Auch Peter bemerkte die Veränderung und hoffte, sie würden nun bald diesen schrecklichen Ort verlassen. Doch etwas anderes geschah. Zuerst zog Xila eine Blutspur hinter sich her und Lisa erschrak fürchterlich. Doch als sie die kleine Schwanzflosse am Bauch von Xila entdeckte, war ihr mit einem Mal klar, was passierte.

Xila bekam ihr Junges: Simuna.

*3

„Lafana, Hou, Zati: Zeit der Erinnerung"

Wieder begann es zu rauschen und Strudel hüllten ihre Körper ein. Die Gewalt des Wassers riss die Orcas mit sich. Als sie ihre Umwelt wieder bewusst wahrnehmen konnten, waren sie am nördlichen Ende der Blackney Passage angekommen. Peter und Lisa erwachten wie aus einem bösen Traum. Doch sie spürten eine deutliche Erleichterung, als sie alle wiedersahen.

Fortan betrachteten sie Xila und Balene mit anderen Augen. Welch schreckliche Dinge hatten diese zwei erleben müssen! Das Schlimmste, was eine Mutter erleiden kann, den Verlust eines Kindes. Und Xila hatte sogar gleich zwei Kinder auf grausame Weise verloren. Hou war wie Zati an Land gebracht worden. Auch wenn beide Wale noch lebten, als sie von den Menschen weggebracht wurden, so mussten Xila und Balene doch an ihren sicheren Tod glauben. Lafanas Körper war vor ihren Augen auf den Felsen zerschmettert. Aber was war mit Tame geschehen? Warum war SIE aus der Familie verschwunden?

Genau wie nach dem letzten Zeitsprung, der *Zeit der Erinnerung an Seria*, waren die Familienmitglieder jetzt völlig entspannt und gut gelaunt. Peter und Lisa jedoch waren bedrückt. Die Wale hatten eine andere Art, mit Schicksalsschlägen fertig zu werden. Während die Menschen das Schreckliche eher verdrängten, frischten die Wale die Erinnerung auf grausame Weise auf und fanden so den inneren Frieden wieder.

Die Kinder fühlten sich jedoch irgendwie unwohl. Nicht nur, dass sie diese furchtbare Situation miterlebt hatten, sie hatten auch ein schlechtes Gewissen. Beide waren schon in einem Delfinarium gewesen. Niemals hatten sie einen Gedanken daran verschwendet, woher diese Wale gekommen sein könnten. Nun sahen sie das Ganze mit anderen Augen: Kinder wurden für immer von ihren Müttern getrennt, der Tod eines intelligenten Lebewesens billigend in Kauf genommen und manchmal ganze Familien zerstört. Zurück blieb Schmerz und Trauer.

Sie waren zutiefst erschüttert über die Rücksichtslosigkeit der Menschen. Wussten diese Leute denn nicht, was sie den Walen damit antaten? Die Orcas mussten die Menschen doch abgrundtief hassen.

Die Kinder durchlief ein Schaudern; auch sie waren Menschen!

Balene steuerte ausgelassen auf Peter und Lisa zu. „Ja, die Zeiten waren damals furchtbar. Sie haben uns all unsere Jungen genommen, all unsere Lieben, all unsere Zukunft. Viele Jahre ging das so. Kaum, dass wir unser Kind entwöhnt hatten, fielen die Menschen über uns her und raubten uns unser Glück. Sie haben sie genommen und fortgebracht. Fort aus unseren Wassern. Niemals haben wir einen von ihnen wiedergesehen. Dabei waren unsere Kinder noch nicht selbstständig und noch ganz vom Schutz und der Erfahrung der Gruppe abhängig. Sie sind alle tot! Sie müssen tot sein!"

Lisa hörte ergriffen zu, während Peter die Vergangenheit weiterspann: „Aber ihr habt nicht aufgegeben!" „Nein, das haben wir nicht, Peter. Es kam die Zeit, da ließen sie ab von unseren Kindern. Doch wir hatten noch viele Jahre Angst. Schließlich kam der Moment, ab dem wir uns wieder sicher fühlten. Es war vorbei. Doch nun fehlte uns eine ganze Gruppe von Jugendlichen. Es gab nur noch alte Tiere und ganz junge. Jeder Fünfte aus allen Familien wurde weggeholt oder starb bei den Überfällen. Unter großen Anstrengungen bekamen wir mehr Junge als gewöhnlich. Die Abstände zwischen den Geburten wurden geringer und so wuchsen die Familien wieder an. Aber die Löcher in unseren Familien sind bis heute geblieben. Wir haben nur noch unsere Erinnerung. Doch all das ist lange vorbei und der Schmerz Vergangenheit."

Andächtig lauschten die Kinder Balenes Worten.

Die Mutprobe

Sie kehrten zum normalen Leben zurück; fingen Fische und jagten immer noch am liebsten dem selteneren, aber sehr mächtigen Kimmo, dem Königslachs, hinterher.

Zwischendurch legten sie Ruhephasen ein und vergnügten sich am Kratzstrand. Schließlich zog die Familie eines Tages nach Norden. Sie durchschwammen der Länge nach die Blackney Passage, ohne dass etwas Besonderes geschah. Auch Hanson Island ließen sie hinter sich und schwammen an unzähligen großen und kleinen Inseln vorbei. Es ging immer weiter nach Norden. Sie gelangten schließlich in den Tribune Channel und umrundeten zur Hälfte die riesige Insel Gilford Island.

Der Familienverband lockerte sich hier auf. Simuna und Lanah wurden von ihren kleinen Töchtern begleitet. Xila und Balene durchpflügten gemeinsam das Wasser, und die männlichen Tiere bildeten die dritte Gruppe. Lisa wusste nicht recht, welcher Gruppe sie sich anschließen sollte. Da sauste Nipala heran und Jimee rief Lisas Namen. Damit war die Entscheidung gefallen. Lisa schwamm mit der Mutter-Kind-Gruppe davon. Doch obwohl die Familie sich in drei Gruppen aufgeteilt hatte, blieben sie in losem Kontakt. Mehrmals täglich näherten sie sich auf Rufweite und vergewisserten sich, dass alles in Ordnung war.

Peter folgte stolz den beiden mächtigsten Schwertwalen der Gruppe, Marete und Manulu. Marete war Manulus Onkel. Doch obwohl sie so nah verwandt waren, sahen sie sich nicht besonders ähnlich. Lediglich die Form und Färbung ihres Sattels zeigten eine gewisse Übereinstimmung. Ihre riesigen Rückenflossen unterschieden sich jedoch sehr stark. Maretes Finne war sehr breit. Sie hatte eine leichte Neigung nach vorne, was sehr ungewöhnlich war. Die Spitze war rund und fiel weit nach hinten ab. So wirkte die Flosse mit ihren knapp zwei Metern wie ein mächtiges Segel, und bei starkem Wind sah man auch tatsächlich, wie die rückwärtige Kante hin- und herflatterte. An dieser hinteren Kante hatte Marete eine kleine Kerbe. Peter fragte sich schon lange, wo sich Marete diese Wunde zugezogen haben könnte. Irgendwann würde er ihn fragen. Manulus Rückenflosse war sehr kräftig und fest. Sie stieg steil an und hatte an der Spitze einen wellenförmigen Schwung nach hinten. Die Finne schien in den Augen der Orcas formvollendet zu sein. Manulu war mit seinen 21 Jahren der Schwarm aller jungen Weibchen.

Während Peter die beiden erwachsenen Schwertwale vor ihm studierte, schoss Rhani heran. „Weißt du überhaupt, wo wir hinschwimmen?", fragt er neckend. Ohne Peters Antwort abzuwarten, fuhr er fort: „Wir machen eine Mutprobe. Das ist stark! Manulu hat es mir schon lang versprochen und Marete hat es endlich erlaubt. Ich bin schon ganz aufgeregt." Rhani schloss zu Manulu und Marete auf und löcherte sie mit Fragen. Peter spürte, wie auch er immer zappeliger wurde und grübelte angestrengt nach, was das wohl für eine Mutprobe sein könnte. Er freute sich darauf: Endlich mal ein bisschen Action!

Die beiden erwachsenen Männchen verrieten jedoch nichts. Eisern behielten sie ihren Kurs bei. Rhani und Peter spekulierten die ganze Zeit über die Mutprobe und versuchten immer wieder, den zwei Großen Informationen zu entlocken. Sie waren so damit beschäftigt, das Geheimnis zu lüften, dass sie nicht merkten, wie es um sie herum immer lauter wurde.

Schließlich wurde der Krach derart ohrenbetäubend, dass selbst Rhani und Peter es merkten. Als Marete und Manulu völlig unbeeindruckt weiterschwammen, wurden die beiden jungen Orcas leise. Unglaublich, dass die erfahrenen Wale dem Lärm nicht auswichen. Doch sie taten genau das Gegenteil, sie hielten exakt darauf zu. Peter versuchte, sich ein Bild von der Situation zu machen. Er nutzte all seine Sinne; sprang aus dem Wasser und untersuchte die Umgebung mit seinen Augen und unter Wasser zusätzlich mit seinen Klicklauten. Rhani tat es ihm gleich. Doch Peter hatte einen Vorteil: Er hatte die Kenntnisse eines Menschen.

Schnell war ihm klar, dass hier Holzfäller am Werk waren. Ein Großteil des steilen Hanges war bereits kahl geschlagen. In der Luft schwebte ein riesiger Hubschrauber den Berg hinauf. Die Rotorblätter erzeugten ein pulsierendes Pochen und das Wasser schien zu vibrieren. Nah am steilen Ufer lagen große Baumstämme im Wasser. Damit sie nicht abtrieben, waren die äußeren Stämme miteinander verbunden. So trieben die gefällten Bäume innerhalb der Eingrenzung hin und her. Auf einmal wurde das Hubschraubergeräusch wieder lauter und die Maschine näherte sich. Zwei Rotoren ermöglichten dem Helikopter, enorme Lasten zu tragen. An einer Winde hing unterhalb der Kufen ein Baumstamm, der doppelt so lang wie der mächtige Marete war. Die Maschine sank tiefer zum Meer hinunter. Ein klickendes Geräusch war zu hören.

Plötzlich löste sich wie durch Geisterhand der Stamm von seiner Befestigung, sauste nach unten und schlug mit einem gewaltigen Getöse auf dem Wasser auf. Es entstand eine betäubende Druckwelle. Der Lärm unter Wasser war für die Wale kaum zu ertragen. Und doch, Marete und Manulu wichen keinen Meter aus. Peter und Rhani fühlten sich benommen und kämpften gegen das Verlangen an, diesen schrecklichen Ort so schnell wie möglich zu verlassen. Aber solange Marete und Manulu nicht aufbrachen, mussten auch sie ausharren. Das Schauspiel wiederholte sich alle paar Minuten.

Der Hubschrauber kam herangedonnert und löschte seine Ladung kurz über der Wasseroberfläche. Jedes Mal tauchte der Baumstamm tief in das Meer hinein, verdrängte dabei mit einer unbändigen Kraft das Wasser um sich herum, drehte sich um seine Achse und strebte schließlich wieder der Oberfläche entgegen. Dabei erlangte er so viel Schwung, dass er sich noch einmal ein wenig aus dem Wasser erhob, um dann erneut hinein zu klatschen. Das Wasser um den Stamm herum geriet in chaotische Zustände. Zuerst wurde es derart schnell verdrängt, dass es alles mit sich riss. Pflanzen zerfetzten und Fische wurden durch die Druckwelle ohnmächtig. Schließlich entstand jedes Mal ein Sog, wenn der Stamm, durch eine unsichtbare Macht gezogen, wieder der Oberfläche zustrebte. Oder spuckte das Meer die aufgezwungene Masse wieder aus? Der Meeresboden wurde aufgewirbelt, abgerissene Pflanzen und orientierungslose Fische trudelten im Sog.

Es war ein Ort der Verwüstung.

Eine Weile beobachteten die vier Orcas den regelmäßigen Ablauf. Als sich Marete in Bewegung setzte, waren Peter und Rhani erleichtert. Sie dachten, nun würden sie diesen lauten Ort wieder verlassen. Ihr Entsetzen war groß, als Marete nicht wie erwartet abdrehte, sondern auf den eingegrenzten Bereich zuhielt. Manulu zögerte kurz: „Okay, Jungs…..erst zuschauen!"

Mit diesen Worten folgte er Marete. Zurück blieben zwei völlig entgeisterte jugendliche Schwertwale. Rhani fand zuerst wieder Worte: „Hey, die spinnen doch wohl, oder? Was meinen die mit:

erst zuschauen?" Peter starrte auf den Helikopter, der sich gerade wieder senkte. Er sah Marete und Manulu unter der Abgrenzung hindurch tauchen und erspähte ihren Blas innerhalb der Umrandung. Wie erstarrt beobachteten Rhani und Peter, was nun geschah. Tiefer und tiefer senkte sich die Maschine. Die Rotoren wirbelten bereits das Wasser auf, in dem Marete und Manulu ruhig abwarteten. Die Zeit schien beinahe still zu stehen und Peter spürte das Pochen der Rotorblätter wie das Schlagen seines Herzens. Pop pop pop pop. Noch tiefer senkte sich der Hubschrauber. Pop pop pop pop. Jeden Moment würde der Stamm aus seiner Halterung fallen. Er sah noch einmal den Blas seiner Freunde. Nun war es Peters aufgeregter Herzschlag, der seinen Körper erbeben ließ. Ein Angstschrei blieb ihm im Hals stecken. Da verschwanden Manulu und Marete gleichzeitig von der Oberfläche.

Pop pop pop.

Klick.

Es vergingen unendlich lange Sekunden. Waren Marete und Manulu tief genug abgetaucht? Hatten sie dem Stamm noch ausweichen können? Und selbst wenn sie das geschafft hatten, konnte die Druckwelle sie gegen einen Felsen oder einen anderen Baumstamm geschmettert haben. Weder Peter noch Rhani waren fähig, irgendetwas zu sagen. Sie waren vor Angst wie gelähmt.

Das Wasser kam allmählich wieder zu Ruhe. Rhani und Peter orteten mit ihren Echoklicks die beiden anderen Wale, konnten aber aufgrund der vielen Störungen nicht die Verfassung erkennen, in der sie waren. Vielleicht hatten sie sich schwer verletzt?

Doch da preschten die beiden riesigen Schwertwale ausgelassen heran. Sie waren in bester Laune und genossen die Fassungs-losigkeit der beiden Zuschauer. Peter und Rhani beruhigten sich nur sehr langsam. Ihr Herz schlug beinahe wieder in einem normalen Rhythmus, als Manulu sich mit einer unglaublichen Bemerkung an sie wandte: „So, und jetzt ihr zwei!"

„Wie jetzt?", fragte Peter entgeistert. „Ne, oder?" Rhani ahnte bereits, was Manulu mit seiner Bemerkung meinte. Während Peter noch ungläubig auf eine Antwort wartete, protestierte Rhani bereits:

„Ihr spinnt ja wohl. Ich bin doch nicht lebensmüde!" Jetzt begriff auch Peter. Er überlegte, was er nun sagen sollte. Rhani war sonst immer ausgesprochen mutig, beinahe schon leichtsinnig. Aber diese Mutprobe schien offenbar sogar ihm zu verrückt zu sein. Rhani drehte ab und schwamm demonstrativ in die entgegengesetzte Richtung davon. Manulu und Marete schauten erwartungsvoll auf Peter. Was sollte er nun tun? Sollte er diese riskante Mutprobe wagen, obwohl sich nicht einmal Rhani traute?

Die Gefahr war unglaublich groß, verletzt oder getötet zu werden. Was würde Lisa raten? „Ach Lisa", dachte Peter, „Lisa würde ausflippen und mich für total bescheuert erklären, dass ich überhaupt auch nur eine Sekunde überlege, ob ich das tun soll." Er nahm allen Mut zusammen: „Okay, ich versuchs. Aber ihr müsst mir helfen!"

Kaum hatte Peter die Worte gesprochen, bereute er seine Entscheidung auch schon. Doch nun war es zu spät. Da musste er jetzt durch. Marete war beeindruckt. Auch Manulu machte eine anerkennende Bemerkung. Schließlich schwammen sie zu dritt in die Eingrenzung. Rhani hatte in einiger Entfernung umgedreht, blieb aber auf Abstand. Er konnte es nicht fassen, dass Peter so viel Mut aufbrachte.

Ruhig ließen sich Marete, Manulu und Peter zwischen den Baumstämmen treiben. Marete bestimmte die Position, und Manulu beobachtete aufmerksam den Himmel. Peter war fast schlecht vor Angst. Sein Herz schlug so laut, dass er sicher war, er würde den Helikopter gar nicht kommen hören. Doch als die Maschine vom Berg heruntergeflogen kam, konnte Peter das Pochen der Rotorblätter sehr wohl hören. Pop pop pop pop. Und wieder hing ein mächtiger Baumstamm an dem Befestigungsseil. Der Hubschrauber senkte sich. Der Stamm kam bedrohlich näher.

Pop pop pop pop.

Peter hörte die Rufe von Manulu nicht und auch der Schrei von Marete wurde von dem irrsinnigen Lärm verschluckt. Schließlich spürte Peter das Gewicht von zwei riesigen Orcas, die sich panikartig auf ihn gelegt hatten. Sie drückten Peter unter die Oberfläche. Schnell, schneller. Klick!

Peter wurde auf den Grund des Meeres gedrückt. Er fühlte die beiden Freunde neben, über und unter sich. Es ging drunter und drüber. Für seine Begriffe viel zu nah nahm er den riesigen Baumstamm wahr. Umhüllt von Luftblasen schubste der Stamm die Wassermassen beiseite, brach gewaltsam in ein fremdes Reich ein, in dem er nichts zu suchen hatte. „Platz da!", schien er zu schreien. Alles in seiner Umgebung wurde gestoßen, verdrängt oder, sofern zu langsam, erschlagen. Der Stamm machte sich breit, viel breiter als er tatsächlich war. Dann, als er beinahe auf die Wale aufschlug, ließ seine Kraft nach. Der Stamm drehte sich, schien einen Moment lang in der Tiefe zu verharren und suchte sich dann den Weg nach oben, als ob er den Irrtum bemerkt hätte. Hier gehörte er nicht hin. Holz schwimmt. Es wirkte beinahe wie eine Flucht, als der Stamm in Richtung Wasseroberfläche empor raste.

Nachdem die drei Wale gerade eben noch auf den Boden gedrückt worden waren, zog sie nun eine unglaublich starke Kraft nach oben. Um sie herum sprudelte und gluckerte es, und allerhand Pflanzen und Tiere begleiteten sie auf dem Weg nach oben. Wie eine gemischte Gruppe wütender Verfolger rauschte alles hinterher. „Achtung: abdrehen!", rief Manulu und schubste vorsichtshalber Peter an. Er wollte diesmal sicher gehen, dass er seinen Anweisungen folgte. Peter reagierte sofort und schlug so fest er konnte mit seiner Schwanzflosse.

Nur mit Mühe schaffte er es, seinen Körper aus dem Sog zu befreien. An der Stelle, wo die Wale normalerweise durch den Sog aufgetaucht wären, klatschte in diesem Moment der Baumstamm zurück auf die Wasseroberfläche. Schließlich trieb Peter erschöpft an der Oberfläche, neben ihm Manulu und Marete. Für die beiden erwachsenen Orcas war das Ganze ein Riesenspaß gewesen. Doch Peters Herz schlug noch wie wild, und nur langsam wich die Angst von ihm. Er fühlte noch die Panik in sich, die er gespürt hatte, als die Druckwelle seinen Körper kontrollierte und er nicht fähig war, das Geschehen zu beeinflussen. Hatte diese Mutprobe nun etwas mit Können zu tun oder war es nur pures Glück, dass sie überlebt hatten?

Marete war der Erste, der wieder zu sprechen begann: „Peter, reife Leistung! Jetzt lasst uns hier verschwinden, bevor der Nächste vom Himmel kommt!" Das ließ sich Peter nicht zweimal sagen. Die drei verließen das umgrenzte Gebiet, wobei es Peter damit auffällig eilig hatte. Marete und Manulu folgten. Sie unterhielten sich leise. Rhani hatte auf sie gewartet. Ungeduldig war er in der Zeit hin- und hergeschwommen. Ein paar Mal hatte er noch gezögert und überlegt, ob er nicht doch an der Mutprobe teilnehmen sollte, wenn sich das sogar Peter traute! Aber er fürchtete sich zu sehr und war geblieben, wo er war. Er hatte schreckliche Angst um die Drei gehabt. Als der Baumstamm auf das Wasser aufgeschlagen war, gab es für Rhani eigentlich keinen Grund daran zu zweifeln, dass die Schwertwale getroffen worden waren. Es war für ihn furchtbar, machtlos dem Geschehen zusehen zu müssen.

Als die drei Wale nun von ihrer Mutprobe zurückkehrten, zitterte Rhani immer noch. Wortlos gesellte sich Peter zu ihm. Der Schreck saß Peter noch in den Knochen. Er fühlte sich nicht einmal besonders stolz, weil er die Mutprobe bestanden hatte. Oder hatte er sie lediglich durchgestanden?

Rhani wusste auch nicht so recht, ob er Peter beneiden sollte oder nicht. Es war nicht zu übersehen, wie schlimm die Mutprobe für Peter gewesen war. „Wenn du den Dreh erst einmal richtig raushast, macht es total viel Spaß!", erklärte Manulu. Marete stimmte ihm zu: „Ja wirklich! Ein tolles Gefühl, wenn dich das Wasser mitreißt." Peter konnte erahnen, welches Gefühl Marete bei dieser Bemerkung meinte. Vielleicht würde die Panik mit der Zeit verschwinden, wenn man sich an den Ablauf gewöhnte. Aber Peter gestand sich ehrlich ein, so schnell wollte er diese Mutprobe nicht wiederholen. Spaß hin oder her.

*4

Rücksichtslos

Marete und Manulu schwammen voraus. Rhani und Peter folgten in gebührendem Abstand. Nach einer Weile machte Manulu die beiden jüngeren Wale auf eine Insel aufmerksam: „Hier waren die Menschen und haben sich die Bäume geholt. Jetzt schaut euch an, was sie zurückgelassen haben!"

Rhani und Peter hoben immer wieder ihren Kopf aus dem Wasser. So konnten sie einen Blick auf die Insel werfen. Sie war vollkommen kahl. Nachdem alle Bäume gefällt worden waren, war die restliche Vegetation den Naturmächten schutzlos ausgeliefert. Ohne die Schatten spendenden Bäume waren die Sträucher innerhalb kurzer Zeit verdorrt. Der Regen spülte die fruchtbare Erde ins Meer. Zurück blieb eine Einöde. Es war ein trostloser Anblick.

„Die Menschen tun so was Dummes. Sie wissen nie, wann sie aufhören müssen. Nun ist die Insel tot. Es gibt kaum noch Tiere darauf, soweit wir das beobachten können", berichtete Marete in einem verächtlichen Ton. Peter schwieg. „Und jetzt wollen wir euch noch etwas zeigen", kündigte Manulu an und erhöhte die Geschwindigkeit. Die anderen folgten. Schließlich bog Manulu in eine weitläufige Bucht ein. Seltsame Strudel drückten alles, was an der Oberfläche schwamm, beinahe unmerklich in die Bucht hinein. Merkwürdige Gegenstände konnten die Wale nun durch ihre Echoklicks erfassen. Nichts davon hatte mit den Pflanzen und Tieren des Meeres zu tun. Während Rhani sich neugierig den fremdartigen Gebilden näherte, wandte sich Peter angeekelt ab. Er kannte diese Dinge nur zu gut. Plastikflaschen, Kanister, Einkaufstüten, Cremedosen und allerhand andere schwimmende Materialien hatten sich an diesem Ort gesammelt.

Manulu berichtete, wie die Menschen diese Sachen ins Meer warfen. Oft hatten sie es schon selbst beobachten können, wenn die Menschen große Mengen dieser Gegenstände über Bord geschleudert hatten. „Das Zeug ist nicht wie die Dinge im Meer. Es bleibt so, wie es ist", erklärte Marete, „Viele viele Jahre lang. Es wird vom Kreislauf des Lebens nicht aufgenommen, wie alles andere hier. Es gehört nicht hierher." „Und immer wieder sterben welche aus unserer Welt deswegen", fügte Manulu hinzu, „vor einigen Monaten hat ein Delfin eines dieser dünnen größeren Teile verschluckt. Für einen Moment muss er wohl gedacht haben, es könnte eine leckere Beute sein. Delfine essen ja auch Quallen. Das fremde Ding sah wohl so ähnlich aus. Er bemerkte den Irrtum zu spät und niemand konnte ihm dann noch helfen. Das Ding blieb in seinem Körper und nach einer Weile konnte er nichts mehr fressen. Er hatte einen qualvollen langsamen Tod." Rhani erschrak bei dieser Vorstellung. Schlagartig verlor er das Interesse an den Gegenständen. „Prägt euch diese Sachen ein! Sie bedeuten den Tod!"

Langsam entfernten sich die Orcas von dem verdreckten Ort. Peters Gedanken blieben jedoch bei dem vielen Müll. Den Tod würde das Zeug bedeuten, hatte Manulu gesagt. Dabei waren es doch nur harmlose Gegenstände. Die Menschen dachten sich nichts weiter dabei und warfen sie achtlos weg. Auch er hatte schon einmal eine Plastikflasche im Wald liegen lassen, als er mit seinen Freunden unterwegs war. Es hätte uncool ausgesehen, seinen Müll einzusammeln und mitzunehmen. Aber wenn es den Tod für die Tiere bedeuten könnte? Darüber hatte er nie nachgedacht.

Peter nahm sich vor, niemals wieder irgendwo seinen Müll liegen zu lassen und das würde er auch seinen Freunden sagen. Man musste unbedingt den anderen erklären, welche Gefahren den Tieren durch Abfall drohten.

Die große Zusammenkunft

Nach diesem Abenteuer steuerten die einzelnen kleinen Gruppen wieder aufeinander zu, und die Familie war wieder zusammen. Lisa hatte mit Lanah, Simuna und den Kleinen eine ruhige Zeit verbracht. Mit Spannung lauschte sie Peters Erzählungen. Innerlich schüttelte sie mehrmals den Kopf, als Peter die Mutprobe in jeder dramatischen Einzelheit beschrieb. Schließlich berichtete er von dem vielen Müll und den katastrophalen Auswirkungen auf die Tiere. Beiden war klar, dass sich der gedankenlose Umgang mit dem Müll sofort ändern musste. Ob sie irgendwann die Chance bekommen würden, etwas dagegen zu unternehmen?

Eines war klar, nur als Menschen wären sie in der Lage, etwas zu ändern. Zum ersten Mal machten sie sich darüber Gedanken, ob sie sich jemals wieder zurückverwandeln würden. Die Vorstellung, für immer ein Orca zu sein, erschreckte sie plötzlich.

Als sie weiter westwärts schwammen, kamen sie an mehreren Fischfarmen vorbei. Das Wasser war hier trübe. Unter den Netzen hatten sich meterdick Fischkot, Futterreste und Fischleichen abgesetzt. Viele der Lachse in den Netzen wirkten krank.

„Das ist ja ekelig", meinte Lisa. „Sieh mal, da sind welche entwischt!" Peter war ganz aufgeregt. „Das passiert leider immer wieder", kommentierte Balene, „Diese Viecher sind ganz schlimm. Sie haben Krankheiten, die sie oft auf unsere Kas übertragen. In dem Jahr, als Rhani geboren wurde, gab es in einer Region gar keinen großen Kimmo mehr. Die entflohenen fremden Fische hatten Seeläuse verbreitet. Innerhalb von Wochen starben unsere Kimmos nacheinander weg. Es war schlimm.

Außerdem vermehren sich diese falschen Fische in unseren Flüssen. Sie sind stärker als unsere Kas und töten deren Junge. So werden die fremden Fische immer mehr, während einige Kas immer seltener werden. Wir brauchen aber die Kas, weil sie zu unterschiedlichen Zeiten in die Flüsse zurückkehren, um ihre Eier zu legen und wir dadurch über viele Monate Beute finden. Diese fremden Fische kommen nur über einen kurzen Zeitraum, außerdem schmecken sie sowieso nicht." Dann erzählte Balene von einem Gerät, dass die Menschen vor einigen Jahren benutzt hatten, um Robben von den Gehegen fernzuhalten. Sie berichtete von einem ohrenbetäubenden Lärm, der alle Säugetiere auf Abstand hielt und die Tiere zwang, weite Umwege zu schwimmen. „Vielleicht wollten sie auch uns damit verjagen. Dabei waren wir nie an diesen Fischen interessiert."

*5

Als sich die Gruppe einer großen Insel näherte, hörten sie die Töne von anderen Schwertwalen. Peter und Lisa konnten es kaum glauben. Es waren ungefähr einhundert Orcas, die dort auf sie warteten. Das Meer brodelte durch die Bewegungen der massigen schwarz-weißen Körper. Eine Flut von Stimmen schallte ihnen schon von Weitem entgegen. Es war schwierig, eine einzelne Stimme herauszuhören. Doch dann erkannten sie Schepees Rufe. Sie klangen genauso fröhlich wie damals am Kratzstrand. Die Gestalt der Matriarchin löste sich aus der Menge und schwamm ihnen entgegen. Die Wiedersehensfreude war auf beiden Seiten groß.

Peter schloss sich Rhani und einigen anderen jugendlichen Walen an, die abseits der anderen wild in den Fluten tobten. Lisa hielt sich inmitten der Menge auf und war von den vielen unterschiedlichen Körpern fasziniert. Die neuen Eindrücke waren überwältigend. Soweit das Auge blicken konnte, sah man nur Orcas. Lisa beobachtete, wie sich die verschiedenen Gruppen vermischten. Als sie bemerkte, wie Manulu mit einem stattlichen Weibchen verschwand, war es ihr beinahe peinlich. Lisa hielt nach Marete Ausschau. Als sie ihn entdeckte, war er von Weibchen umringt.

„War ja klar", dachte sie bei sich. Dann suchte Lisa nach dem kleinen Enkel von Schepee. Doch sie konnte ihn nirgends finden. Schließlich fragte sie Simuna. Ihre Antwort war erschreckend: „Viele Erstgeborene sterben im ersten Lebensjahr! Die Milch der

Mutter ist bei dem ersten Jungen oft nicht gut. Ich glaube, irgendwie geben wir mit der ersten Milch etwas Krankes aus unserem Körper an unser Junges ab. Eine Art Gift, das sich in uns angesammelt hat. Wir töten mit unserer Milch unser eigenes Junges. Lanah hat deshalb ihren Sohn verloren. Es war so traurig, wie er immer schwächer wurde. Auch Piau hat ihr erstes Junges auf diese Weise verloren. Mein allererster Enkel. Deshalb habe ich mich auch so über Lesjas Geburt gefreut. - Lesja."
*6

Simuna hielt inne. Dann fuhr sie fort: „Vor langer Zeit war das nicht so. Aber nun kommt es immer häufiger vor. Beinahe jede Mutter verliert nun ihr Erstgeborenes. Aber dagegen können wir nichts tun. Das ist der Weg. Mit viel Glück überlebt das erste Kind. So wie bei mir Piau überlebt hat, mein erstes Kind. Piau, meine Tochter. Sie hat überlebt. - Piau." Diesmal schwieg sie endgültig.

Lisa blieb an ihrer Seite. Sie spürte den großen Schmerz, der wieder einmal in Simuna hochstieg. Sollte Lisa nun doch etwas sagen? Durfte sie erwähnen, dass es noch eine kleine Chance gab, wenigstens Lesja wiederzusehen?

Machte es überhaupt Sinn, Simuna wieder einen Funken Hoffnung zu geben? Was würde passieren, wenn die Menschen es nicht schafften, Lesja, oder Springer, wie sie den jungen Orca nannten, hierher zurückzubringen? Und wie sollte sie ihre Kenntnisse mitteilen, ohne zu verraten, dass sie selbst ein Mensch war?

Der Zufall kam ihr zu Hilfe. Aus der Flut von Stimmen und Geräuschen hörte sie plötzlich Lesjas Namen. Andere Wale hatten begonnen, über Lesja zu reden. Simuna schwamm sofort zu ihnen, Lisa folgte ihr dichtauf. Es dauerte einige Zeit, bis Simuna und Lisa verstanden, um was es ging. Große Aufregung entstand. Jeder schien eine kleine Information beitragen zu können und langsam setzten sich die einzelnen Teile wie ein Puzzle zusammen. Es entstand eine Geschichte, die eigentlich unmöglich war. Doch mehrere Aussagen bestätigten die unwahrscheinlichen Fakten.

Am Ende stand mit ziemlich großer Sicherheit Folgendes fest: Lesja war von mehreren Orcas gesehen worden, weit im Süden bei den *Südlich Residenten* Schwertwalen. Zuerst waren sich die einzelnen Wale nicht sicher gewesen. Niemals hatte es Kontakt zwischen den zwei Schwertwalgruppen gegeben. Gelegentlich kamen sich Wale der *Nördlich Residenten* und *Südlich Residenten* weiter im Osten der Johnstone Strait sehr nahe. Doch nie gab es eine Kommunikation. Die Gruppen hatten nur wenig sprachliche Gemeinsamkeiten. Sie waren sich fremd. Und doch wurden die Wale der *Nördlich Residenten* auf dieses eine junge Orcaweibchen aufmerksam, das mit einer Gruppe der *Südlich Residenten* schwamm.

Die Kleine hatte etwas Vertrautes. Keiner konnte sich erklären, was ihnen so bekannt vorkam. Schließlich, als einer der Berichtenden den Ruf des auffälligen Schwertwals nachmachte, wurde klar, dass es nur Lesja sein konnte. Es war der typische Ruf, den Lesja von ihrer Mutter Piau gelernt hatte.

Die Neuigkeit verbreitete sich wie ein Lauffeuer. Während alle wild durcheinander redeten und die fantastische Nachricht von Wal zu Wal weitergegeben wurde, überkam Simuna eine nachdenkliche Ruhe. Lisas Herz pochte vor Aufregung und vor Erleichterung. Sie brauchte nun nichts mehr unternehmen und deswegen auch die Tatsache nicht preisgeben, dass sie ein Mensch war.

Pötzlich war Simuna neben Lisa.

„Lisa!"

Lisa zuckte zusammen..

„Lisa, du … du … ", Simuna zögerte kurz, „ach nichts. Ist es nicht wunderbar?" „Ja, Simuna, das ist es."

Die Zusammenkunft wurde nun vor allem dazu genutzt, um alle Informationen zu sammeln, die die Orcas über den Verbleib von Lesja hatten. Verschiedene Sichtungen kamen noch zu den bisher bekannten dazu. Es gab keinen Zweifel mehr, Lesja hielt sich bei den *Südlich Residenten* auf, aber das Wichtigste war: sie lebte.

Verschiedene Möglichkeiten wurden besprochen, was nun getan werden konnte. Je länger sie darüber redeten, desto mehr Fragen kamen auf: Wie hatte Lesja ohne Piau überleben können? Wie war sie so weit nach Osten geraten? Warum hatten sie die *Südlich Residenten* bei sich aufgenommen?

Und eine Frage bohrte sich besonders schmerzhaft in die Köpfe der Wale: Würde Lesja ihr Familie überhaupt noch kennen?

Lesja

Es war die Jahreszeit, in der die magische Macht des Instinktes verschiedene Lachsarten in die Flussmündungen bis zu den Laichplätzen zog. Deshalb hatte die Nahrungsaufnahme im Moment absolute Priorität und damit Vorrang vor allen anderen Aktivitäten. Die Suche nach Lesja musste erst einmal verschoben werden. Simuna war kaum zu halten, aber auch sie musste gezwungenermaßen einsehen, dass die Zeit des übermäßigen Fischreichtums das Allerwichtigste war. Es konnte sie jedoch nichts davon abhalten, unaufhörlich Pläne zu schmieden. Für Lisa und Peter wurde es nun wieder kompliziert.

Wie sollten sie sich verhalten? Die Menschen hatten ebenfalls Pläne, Lesja/Springer zurückzubringen. Vielleicht kämen sie ja den Walen zuvor und würden Lesja hierher bringen, noch bevor die Familie nach Osten zog.

Doch zunächst nutzten alle Wale den Nahrungsüberfluss. Hundslachse, die die Orcas Keto nannten, erschienen, und Blaurückenlachse. Diese hießen Kurro. Den Kindern wurde nun auch klar, warum alle Lachse den Oberbegriff *Ka* hatten. Jede Lachsart fing mit einem *K* an. Kimmo, Keto und Kurro. Außerdem gab es noch den Koho, das war der Silberlachs, und den Kascho, den Buckellachs. Diese Lachsarten würden aber erst Mitte August in den Gewässern erscheinen, wenn die Laichsaison der Königslachse zu Ende ging. Auch wenn die Orcas den Kimmo bevorzugten, es gäbe folglich auch danach genug Nahrung. Momentan gab es Beute im Überfluss. Die Wale fraßen sich satt und vergrößerten mit jeder überschüssigen Kalorie ihre isolierende Fettschicht, den Blubber. Diese dicke Speckschicht unter ihrer Haut ist lebensnotwendig. Sie verhindert, dass die Wale zu viel Körperwärme an das Wasser abgeben und erfrieren.

Je kälter das Wasser wird, umso mehr Isolierung ist nötig. Bei langsam schwimmenden Bartenwalen kann der Blubber bis zu einem halben Meter dick werden. Bis zum Einbruch des Winters musste diese Speckschicht bei den Orcas unbedingt zugenommen haben.

Die Gedanken der Wale kreisten jedoch unaufhörlich um Lesja. In jedem glühte ein kleiner Hoffnungsfunke auf ein Wiedersehen. Und ihre Hoffnungen sollten sich erfüllen. Unter den Walen verbreitete sich das Gerücht, dass ein Orca mit einem Boot in die Region gebracht worden war. Angeblich war dieser Wal jetzt in einer Bucht ganz in der Nähe von dem Ort, an dem die Wale ihre *Zeit der Erinnerung* begingen. Es schien sich um ein junges Weibchen zu handeln und einige Gerüchte nährten die Hoffnung, es könnte Lesja sein.

So unglaubwürdig diese Tatsache war, sie schien sich durch die unterschiedlichsten Berichte anderer Wale immer mehr zu bestätigen. Xila gab schließlich das Kommando zum Aufbruch. Darauf hatten alle gewartet und Simuna folgte der Anweisung der Anführerin nur allzu gerne.

Jetzt gab es für sie kein Halten mehr. Die Regeln ignorierend schoss Simuna vor und setzte sich an die Spitze der Gruppenformation. Jeder hatte dafür Verständnis. Nur mit Mühe konnte die alte Xila ihr folgen. Der Rest hielt den üblichen Abstand relativ leicht ein. Nur die beiden Jungen, Jimee und Nipala, mussten sich sehr anstrengen, um mit diesem schnellen Tempo mithalten zu können. Diesmal war die Hoffnung berechtigt, die Simuna antrieb. Alles deutete darauf hin, dass das junge Orcaweibchen Lesja sein könnte. Aber die Menschen hatten sie hierher gebracht. Die Menschen hielten den Wal, der wahrscheinlich Simunas Enkelin war, in dieser Bucht gefangen. Was hatte das alles zu bedeuten?

Am Abend erreichten sie wieder die Johnstone Strait. Schnell hatten sie die kleine Bucht gefunden, die die Menschen durch eine Absperrung vom offenen Meer abgetrennt hatten.

Rund um die Bucht bewegten sich viele kleine Boote. Überall waren Menschen. Nun hielt Xila ihre Tochter Simuna zurück: „Warte Simuna! Warte, bis die Menschen weg sind!" Simuna zögerte. Aber auch ihr waren die vielen Menschen unheimlich, und so wartete die Familie in einigen hundert Metern Entfernung, bis es dunkel wurde. Auch dann waren noch einige Menschen in der Bucht. Die Boote waren jedoch alle verschwunden. Langsam näherten sich die Wale der Absperrung. Das Netz störte ihre Echoklicks, so konnten sie nicht erkunden, was sich in der Bucht verbarg. Zögernd begannen sie den gefangenen Wal zu rufen.

Zunächst kam keine Reaktion. Immer lauter forderte die Familie eine Antwort. Die Frage, die die Familie unaufhörlich stellte, war ganz simpel.

„Wer bist du?", riefen sie. Sie nahmen die Lebenszeichen des einzelnen Wales in der Bucht genau war. Aber sie konnten ihn nicht analysieren. „Wer bist du?", riefen sie ohne Pause. Ihre Frage hallte aus der Bucht zurück. Xila verlor beinahe die Hoffnung, dass sie überhaupt verstanden wurden. Schließlich sprach Rhani aus, was alle im Stillen fürchteten: „Und wenn es gar keiner von uns ist?"

Balene fuhr ihn wütend an, weil er es gewagt hatte, die Frage tatsächlich auszusprechen, vor deren Antwort sie alle so große

Angst hatten. Über eine Stunde verhallten ihre Rufe unbeantwortet in der Bucht. Da nahm Lisa allen Mut zusammen und bat die Familie in einem energischen Ton, das Rufen einzustellen. Verwundert über ihr Einschreiten, kamen die Orcas Lisas Forderung nach. Lisa war nicht wenig überrascht, dass die alte Xila und sogar die mächtigen Männchen auf sie hörten.

Sie schwamm zu Simuna und sah sie ernst an: „Ruf sie! Ruf sie, mit dem Ruf von Piau!" Simuna war zunächst verwirrt, doch dann begriff sie, was Lisa im Sinn hatte. Simuna konzentrierte sich. Noch niemals zuvor hatte sie Piaus und Lesjas Ruf nachgeahmt. Dann rief sie aus vollem Herzen: „Iui!"

Stille!

Die Familie war wie erstarrt. Simunas Ruf hallte von den Felsen wieder und es schien, als sei die Vergangenheit zurückgekehrt. Xila, Balene, Lanah, jeder einzelne Orca spürte die Gegenwart von zwei Familienmitgliedern, die längst verloren schienen. Die Erinnerung war wieder da!

Stille!

„Iui!", hallte es ganz leise aus der Bucht. War es ein spätes Echo? Ein Ton, der vielleicht aus einer Grotte mit großer Zeitverzögerung zurückgeworfen wurde? Niemand wagte, sich zu bewegen. Ihre Herzen schienen fast stehenzubleiben. Keiner machte ein Geräusch. Rhani musste eigentlich zum Atmen auftauchen. Doch auch das zögerte er hinaus. Die Anspannung war groß. Woher war der Ruf gekommen?

„Iui!", kam es erneut leise an ihre Ohren. Allen Walen war in diesem Moment klar, es war Lesjas junge Stimme, die dort mit diesem ganz speziellen Ruf antwortete. Nun begannen die Herzen wieder schneller zu schlagen, schneller und schneller, bis sie vor Freude rasten. Simuna rief nun wieder nach Lesja, erst mit dem vertrauten Ruf und dann ihren Namen: „Lesja! Lesja! Bist du es? Lesja! Wir sind hier!" Sie fügte ihre eigenen Erkennungsruf bei, der Lesja signalisieren würde, wer zu ihr sprach: Simuna, die Mutter ihrer Mutter!

Aufgeregt schwammen die Orcas an der Abgrenzung entlang. Von der anderen Seite näherte sich Lesja. Endlich war es möglich, Echoklicks zu senden. Doch das Bild wurde nach wie vor durch das Netz gestört. Sie waren sich nun so nah und konnten doch nicht zueinander. Unablässig zogen sie ihre Bahnen auf und ab, wobei sie den Abstand so gering wie möglich hielten.

Lesjas Antworten kamen noch zögernd, als könne sie die Situation noch nicht richtig begreifen. Auch Simuna konnte ihr Glück kaum glauben. Keiner war in der Lage, Fragen zu stellen. So tauschten sie die ganze Nacht lediglich Rufe aus, die ihre große Freude ausdrückten. Schließlich wurden die jüngeren Wale müde. Lesja zog sich in einen anderen Teil der Bucht zurück und Xila entfernte sich mit der Familie ein kleines Stück, damit sie ihre gewohnte Schlafformation einnehmen konnten. Simuna blieb jedoch an der Absperrung.

Im Morgengrauen kamen die ersten Boote. Es wurde wieder laut in der Bucht. Widerstrebend entfernte sich Simuna von dem Krach. Doch sie blieb in der Nähe. Lesja jedoch näherte sich neugierig den Booten. Manchmal kam sie ihnen gefährlich nahe. Die Menschen öffneten die Absperrung, dann fuhren sie mit ihren Booten weiter abseits oder machten die Motoren aus.

Xila kehrte in diesem Moment mit der Familie zurück. Simuna schloss sich ihnen an. Sie begannen alle, nach Lesja zu rufen. Lesja antwortete und schwamm ihnen entgegen. Noch waren sie aber nicht zusammen. Xila wagte sich im Hellen nicht näher an die Abgrenzung heran. Zu viele Menschen waren hier. Also bogen sie etwa hundert Meter vorher ab und hofften, Lesja würde die Bucht verlassen und ihnen folgen. Zunächst schien der Plan aufzugehen.

Das junge Weibchen verließ zögernd den abgesperrten Bereich und steuerte in die Richtung der anderen Wale. Dabei musste sie ein kleines Gebiet mit Seegras und Tang durchqueren. Während die Familie langsam weiterschwamm, blieb Lesja in dem Wald aus Wasserpflanzen verschwunden. Sie begann, damit zu spielen. Simuna bemerkte es als erstes: „Sie kommt nicht nach! Wartet!" Xila drehte um und die Familie wartete.

Boote näherten sich. Lisa und Peter verstanden, warum: die Forscher wollten sehen, wo ihr Schützling abblieb. Doch trotz ihrer guten Absicht wirkte sich ihre Annäherung negativ auf den weitern Ablauf aus. Während Lesjas Interesse vom Seegras zu den Booten wechselte, mahnte Xila ihre Familie zu äußerster Vorsicht und so entfernte sich die Gruppe einige hundert Meter. Am Ende konnten die Menschen nicht verhindern, dass Lesja die Boote zurück in die Bucht begleitete.

Der erste Versuch, Lesja zu ihrer Familie zu bringen, war fehlgeschlagen. Alle waren enttäuscht, die Menschen auf der einen und die Orcas auf der anderen Seite. Nur Lesja schwamm unbekümmert in ihrem freiwilligen Gefängnis umher und war guter Dinge.

Schließlich brach die Nacht herein. Um Lejsa vor Gefahren zu schützen und um die Auswilderungsaktion besser beobachten zu können, schlossen die Menschen erneut die Absperrung. Simuna war entsetzt: „Warum sperren sie Lesja wieder ein? Sie haben sie doch hinausgelassen."

Jedes Wort mit Bedacht wählend, versuchte Peter, das Verhalten der Menschen zu erklären. Simuna konnte nach einer Weile des Nachdenkens den Sinn dieser Maßnahme begreifen und akzeptieren. Wieder kam eine ruhelose Nacht auf sie zu. Niemals würde sie sich wieder weiter von Lesja entfernen, als es unbedingt nötig war. Die ganze Nacht patrouillierte sie die Absperrung rauf und runter, während der Rest der Familie wie in der vergangenen Nacht etwas abseits ruhte. Immer wieder rief Simuna nach ihrer Enkelin.

Lesja antwortete prompt. Alle hofften, der nächste Tag würde eine positive Veränderung bringen. Lisa und Peter konnten beide Seiten beurteilen: die Menschen erhofften sich einen Erfolg für ihren abenteuerlichen Plan der Rückführung.

Die Wale standen kurz davor, ein wichtiges Familienmitglied zurückzubekommen, für das sie die Hoffnung schon beinahe aufgegeben hatten. Die Anspannung war förmlich zu spüren.

Am Morgen wiederholte sich das gleiche Schauspiel wie am Tag zuvor. Die Menschen öffneten die Absperrung, als sich die Orcafamilie näherte. Simuna und die anderen riefen Lesja und lockten sie aus der Bucht. Alles sah vielversprechend aus. Doch obwohl sie den Abstand zu Lesja diesmal kleiner hielten, blieb sie erneut in dem Wald aus Seegras hängen und spielte mit den Blättern. Alles Rufen half nichts. Sie reagierte nicht. Simuna verzweifelte beinahe, doch Xila hielt sie abermals zurück.

Gerade als Lesja unter Wasser aus dem Seegras heraus schwamm, dröhnte ein kleines Motorboot heran. „Es hat so keinen Sinn", meinte Xila. So können wir sie nicht holen. Es ist zu gefährlich. Doch sie hatte nicht mit Lisas Entschlossenheit gerechnet. „Los Peter", sagte sie leise zu ihm, „die Forscher tun uns nichts. Sie wollen doch das Gleiche wie wir. Sie sind nur neugierig. Komm!" Peter zögerte keine Sekunde. Als Lisa davon schoss, folgte er ihr mit nur einem einzigen Flukenschlag Rückstand. Xila war entsetzt, dass Lisa und Peter ihre Anweisung missachteten. Die anderen waren wie erstarrt. Nur Simunas Herz hüpfte vor Begeisterung über die kühne Aktion der Kinder.

Lisa und Peter, der seine Freundin inzwischen eingeholt hatte, schwammen nebeneinander auf Lesja zu. Der Motor des kleinen Bootes, dass sich zwischen sie und das junge Weibchen manövriert hatte, wurde gedrosselt. Doch es blieb in dieser Position. Lisa und Peter mussten es ganz nah passieren, um an Lesja heranzukommen. Fassungslos sah die Familie zu, wie die beiden Schwertwale schnurstracks auf das Boot zuhielten. Der Motor verstummte.

Schließlich kamen sie bei dem Boot an. Während Lisa geradewegs darunter weg tauchte, konnte Peter nicht widerstehen. Er näherte sich unter der Wasseroberfläche und schoss dann mit einem kräftigen Ausatmen direkt neben dem Boot aus dem Wasser. Die Menschen zuckten zusammen und ein Mann plumpste rückwärts auf den Hosenboden. Das Boot wackelte verdächtig und wäre gekentert, hätten die Insassen nicht so gut reagiert und das Gleichgewicht wieder hergestellt.

Peter amüsierte sich. „Spaß muss sein!", rief er Lisa zu. Aber sie hatte anderes im Kopf. Lesja war im Wald aus Tang verschwunden und Lisa musste sie erst suchen. Für Lesja schien das ein Spiel zu sein, denn immer wieder entwischte sie den Kindern. Es dauerte eine ganze Weile, ehe sie Lesja zwischen sich nehmen konnten. Wie es schien, erkannte sie selbst jetzt nicht den Ernst der Lage. Sie alberte herum und wollte weiterspielen. Doch Lisas Geduld war zu Ende: „Lesja, komm jetzt! Du musst bei uns bleiben! Wir bringen dich zu den anderen!"

Eindringlich redeten die Kinder von beiden Seiten auf Lesja ein. Langsam legte sich ihr Übermut und die drei Wale verließen den Unterwasserwald in Richtung der Orcafamilie. Das Boot war immer noch an derselben Stelle. „Ich will dahin", bettelte Lesja. Doch Lisa fauchte sie an und Peter stupste das junge Weibchen in die andere Richtung. Als sie auf halbem Weg zu der Familie waren, kam ihnen Simuna entgegen. Sie rief den typischen Ruf. Lesja wurde zappelig und schließlich schoss sie davon, geradewegs auf Simuna zu. Endlich gab es das richtige Wiedersehen. Simuna und Lesja wollten gar nicht mehr aufhören, ihre Körper aneinander zu reiben. Obwohl sie sich in einem ganz anderen Element, nämlich dem des Wassers, aufhielten, wirkte Lesja wie ein junges Kätzchen, das mit seiner Mutter kuschelt.

Peter freute sich. Lisa war zutiefst gerührt. Zunächst hielten sich die anderen Familienmitglieder zurück. Sie warteten geduldig, bis Simuna und Lesja mit ihren Liebkosungen fertig waren. Es war ein schöner Anblick, der jedes Herz vor Freude höher schlagen ließ. Schließlich wandten sich Simuna und ihre Enkelin den anderen zu, damit jeder die Gelegenheit hatte, Lesja zu begrüßen.

Lisa hatte das Gefühl, als wäre Lesja Teil eines Puzzles. Das junge Weibchen füllte eine schmerzliche Lücke, ein Loch, das der Verlust von Piau und Lesja zunächst in die Familie gerissen hatten. Xila und Balene näherten sich Simuna. Ohne Worte berührten sie sanft ihre Flipper. Lesja war bei ihnen, doch Piau war tot. Aber Simuna akzeptierte es nun und war trotzdem glücklich.

 **Die offene Frage**

Als sich die Aufregung des Wiedersehens ein wenig gelegt hatte, schwammen die Wale ruhig und überglücklich zwischen verschiedenen Inseln umher. Die Familie genoss Lesjas Gegenwart und Lesja selbst freute sich an dem wiedergewonnenen Gefühl der Geborgenheit. Doch mehr als jemals zuvor quälte alle Familienmitglieder eine Frage, deren Antwort nur Lesja geben konnte. Was war damals geschehen?

Niemand wagte, diese Frage laut auszusprechen. Wie würde das junge Weibchen reagieren, wenn die Erinnerungen, die mit Sicherheit furchtbar schmerzhaft waren, wieder wachgerufen würden? So überließen sie Lesja die Entscheidung, ob und wann sie darüber reden wollte.

Gerade als die Wale dachten, der Tag würde zu Ende gehen, ohne dass das Geheimnis gelüftet würde, begann Lesja zu erzählen: „Da war doch dieser schlimme Sturm. Ihr wisst ja noch, wie schlimm der Sturm war, oder? Ich bin dicht bei meiner Mutter geblieben, genau so, wie sie es mir befohlen hatte. Sie hatte ja solche Angst um mich. Ich musste mich anstrengen, neben ihr zu bleiben. Auch als ich immer müder wurde, hab ich wirklich mein Bestes versucht. Aber ich hab es nicht mehr geschafft. Ich fiel zurück, und meine Mutter ließ euch davonziehen, um bei mir zu bleiben.

Schließlich drifteten wir immer weiter ab und waren auf einmal in einer ganz merkwürdigen Gegend. Hier donnerten die meterhohen Wellen an die schroffen Felsen und es war ein schrecklicher Krach überall. Eine mächtige Welle packte mich und riss mich mit. Mama eilte hinterher. Ich konnte trotz des ohrenbetäubenden Lärms ihre verzweifelten Rufe hören. Ich hatte solche Angst. Die Felsen kamen unaufhörlich näher und ich konnte mich einfach nicht aus der Gewalt der Welle befreien. Gerade als ich dachte, dass ich gegen den Felsen prallen und mein Körper dort zerschmettert würde, warf sich meine Mutter zwischen mich und den sicheren Tod. Sie schrie auf. Die spitzen Steine rissen ihre Haut auf und zerfetzten ihre rechte Seite. Ich weiß nicht wie, aber selbst mit diesen schlimmen Verletzungen schaffte sie es irgendwie, mich von dem Felsen wegzuschubsen. Ich gelangte in ruhigeres Wasser und überstand den Sturm wie durch ein Wunder. Aber Mama, Mama schaffte es nicht. Wenn es still ist, höre ich immer noch ihre Schmerzensschreie und wie sie mit letzter Kraft brüllte: „Schwimm Lesja! Schwimm! Dreh dich nicht um! Schwimm Lesja!"

Simunas Herz schien bei diesen Worten beinahe zu brechen. Auf so schreckliche Weise hatte das Leben ihrer geliebten Tochter Piau geendet. Sie hatte sich für Lesja geopfert. Alle Wale waren tief betroffen. Einen ehrenvolleren Tod konnte es nicht geben.

„Dann war ich alleine. Ich rief und rief, stundenlang. Mama würde nie wieder kommen. Sie war tot. Aber wo wart ihr? Ich schwamm tagelang umher und verirrte mich immer mehr. Mein Hunger wurde unerträglich, bis ich es beinahe nicht mehr aushielt. Ich war schon ganz schwach, da kam eine andere Familie vorbei. Auch welche von uns; und auch wieder nicht. Keine Skrutos und keine Tarefaner. Aber auch keine unserer direkten Verwandten. Aber ich konnte sie verstehen und sie nahmen mich in ihrer Gruppe auf. Sie fingen für mich einige Fische, bis ich es selber konnte. Schnell merkte ich jedoch, dass ich niemals zu ihnen gehören würde. Dann hörte ich eines Tages Rufe und folgte ihnen. Sie hörten sich bekannt an.

Als ich bei den Walen ankam, wurde mir klar, dass ich mich geirrt hatte. Diese Wale waren noch fremder als die anderen und ich konnte sie überhaupt nicht verstehen. Für eine Rückkehr war es in diesem Moment zu spät. Die anderen waren bereits weiter gezogen. Von da an war ich unter Fremden, in einer fremden Gegend. Das einzige, was mir noch vertraut erschien, waren die Boote, die hin- und herfuhren. Das waren für mich bekannte Geräusche und wenn ich näher heranschwamm, fühlte ich mich wenigstens ein bisschen geborgen. Nach einer Weile ging es mir gar nicht mehr gut. Meine Jagderfolge waren ganz schlecht. Es dauerte nicht lange, da war ich dünn und schwach."

Simuna drückte ihre Körper an Lesja, um ihr zu zeigen: Jetzt bist du nicht mehr allein, du bist bei uns!

„Dann kamen die Menschen. Merkwürdig, aber ich hatte gar keine Angst. Sie trieben mich in ein Gehege und sorgten dafür, dass mir die Fische förmlich vor das Maul schwammen. Schnell erholte ich mich und fühlte mich wieder stark. Eines Tages geschah etwas sehr Aufregendes. Die Menschen legten Gurte um meinen Körper und hoben mich auf ein kleines Boot. Zuerst geriet ich in Panik, aber das Tuckern des Motors beruhigte mich ganz schnell. Ständig machten sie meine Haut nass und streichelten mich. Stundenlang fuhr das Boot mit mir herum. Auch die Geräusche von vielen anderen Booten und Schiffen waren zu hören, aber ich konnte nichts sehen, weil meine Sicht versperrt war. Als die Fahrt zu Ende war, ließen mich die Menschen wieder ganz vorsichtig zurück ins Wasser gleiten. Wie durch ein Wunder war ich hier, wieder in einem Gehege, aber hier. Hier bei euch und ihr habt mich dann gefunden."

Wieder schwamm Wal für Wal an Lesja vorbei, um sie noch einmal willkommen zu heißen. Die Frage war nun beantwortet. Die erschütternde und teilweise verblüffende Schilderung prägte sich allen tief ins Gedächtnis ein.

*7

 # Schüsse

Lesja fügte sich gut in die Gruppe ein. Simuna ließ sie nicht aus den Augen. Doch es waren Lisa und Peter, die Lesja jedes Mal abdrängten, wenn sie sich wieder einem Boot nähern wollte. Lesja schien von Booten magisch angezogen zu werden. Sie zeigte keinerlei Scheu oder Angst. Das lag wahrscheinlich daran, dass Lesja bis zu diesem Zeitpunkt keine schlechten Erfahrungen mit Schiffen gemacht hatte, sogar das Gegenteil war der Fall. Das wussten die anderen nun.

Es ist jedoch für Wale immer mit einem Risiko verbunden, sich einem Boot zu nähern oder ihm nicht auszuweichen. Doch manchmal wird die Situation richtig gefährlich. Die Schiffsschrauben durchschneiden ohne Rücksicht auf Verluste das Wasser. Zack zack zack. Mit einer unglaublichen Geschwindigkeit rotieren die Blätter der Schiffschrauben. Ihre Kanten sind scharf und zerreißen alles, was ihnen in die Quere kommt. Alle Wale waren sich dieser großen Verletzungsgefahr bewusst, ausgenommen Lesja. So konnte selbst ein Boot, das von Naturschützern gesteuert wurde oder von Menschen, die nichts Böses im Sinn hatten, für das Waljunge den sicheren Tod bedeuten. Xila hatte damals auf diese Weise die Spitze ihrer Rückenflosse verloren. Die scharfe Kante ihrer Finne war den anderen Walen stets eine Warnung.

Alle machten sich große Sorgen. Was, wenn sie einmal nicht rechtzeitig da wären, um Lesja zu schützen? Xila, Balene und Simuna überlegten tagelang, was sie deshalb unternehmen sollten. Sämtliche Argumente schienen bei Lesja auf taube Ohren zu stoßen. Also entschlossen sie sich, zur Robson Bight zu schwimmen und die „Zeit der Erinnerung" für sich arbeiten zu lassen. Vielleicht würden diese starken Eindrücke bei Lesja ein Umdenken bewirken.

Lisa und Peter fürchteten sich vor dem Zeitsprung. Diesmal war von vornherein klar, dass etwas Abschreckendes passieren würde.

Etwas, das Lesja wachrütteln sollte. Das konnte nichts Angenehmes sein. Aber die zwei Kinder akzeptierten die Maßnahme. Auch sie wollten, dass Lesja sich nicht immer wieder in unnötige Gefahr begab, indem sie an die Boote heranschwamm.

Lesja suchte häufig die Gesellschaft von Lisa und ihrem Freund. Sie fragte viel und ließ sich genau erzählen, was in den vergangen Monaten alles passiert war. Es wurde jedoch niemals darüber gesprochen, wer Lisa und Peter waren und woher sie kamen. Bei all den vielen Fragen, kam gerade diese Tatsache den Kindern absolut merkwürdig vor. Doch sie waren erleichtert, dass DAS niemals ein Thema war.

Nach einigen Stunden erreichten sie den nördlichen Eingang der Meerenge. Sie wollten jedoch das Vielwasser abwarten, wenn die Flut mit einer unbändigen Gewalt das salzige Nass zwischen den Inseln hindurchdrückte. Also geduldeten sie sich noch eine Weile. Die Aufregung stieg. Schließlich war die Zeit gekommen. Sie formierten sich wieder eng beieinander. Es konnten jedoch höchstens drei Wale nebeneinander schwimmen. Lesja wollte zu Lisa und Peter schwimmen, doch Simuna rief sie zu sich. Mit Lesja auf der einen und ihrer jüngsten Tochter Jimee, die ja nur ein Jahr jünger als Lesja war auf der anderen Seite, schwamm Simuna in die starke Strömung. Peter und Lisa folgten den dreien.

Das Rauschen begann. Lautes Getöse betäubte ihre Ohren und ihre Körper verloren erneut die Kontrolle über ihre Bewegungen. Sie wurden mitgerissen. Luftblasen behinderten ihre Wahrnehmung, und heftige Strudel beutelten ihre Körper hin und her. Schließlich verloren sie die Orientierung und überließen sich der Macht des Soges.

Zeit der Erinnerung

Regen prasselte auf die Wasseroberfläche. Dicke Wolken zogen über den Himmel. Doch es war nicht kalt und auch nicht windig. Das Meer war ruhig und die Wellen sehr unauffällig. Die Familie war genau wie bei den vergangenen Zeitreisen komplett verändert. Lanah und ihre Tochter Nipala fehlten; ebenso Manulu, Rhani und

Jimee. Lesja war zur Überraschung der Kinder auch nicht zu sehen. Irgendwie hatten sie erwartet, sie zu treffen. Doch sie spürten die fehlenden Familienmitglieder. Auf eine unerklärliche Weise waren sie ebenfalls da. Von irgendwo nahmen sie an dem Geschehen teil. Warum konnten Lisa und Peter sich gegenseitig sehen? Diese Frage würde jedoch für immer unbeantwortet bleiben.

Die Kinder entdeckten ein junges Weibchen neben Simuna. Es war etwa 2 Jahre alt. „Das muss Piau sein", sagte Lisa ganz leise zu Peter. Sie sahen noch ein erwachsenes Weibchen, dass ein junges Männchen bei sich hatte. Ständig stupste es seine Mutter mit dem Kopf gegen den Bauch. Die junge Mutter war Tame. Die Kinder hatten sie bereits bei der letzten Zeitreise kennengelernt. Sie war Xilas jüngere Schwester. Zu der Zeit, in die sie dieses Mal gereist waren, lebte sie also noch.

„Pachi, lass deine Mutter in Ruhe!", schimpfte Balene, „Tame, du musst ihm endlich beibringen, Fische zu fangen!" Tame lachte und gab ihrem Sohn einen leichten Klaps mit der Fluke. Pachi jammerte übermäßig und hielt dann beleidigt Abstand zu seiner Mutter. Die Gruppe amüsierte sich darüber; offenbar war dieser Ablauf bereits ein Ritual.

Lisa und Peter hielten wie immer Abstand. Sie waren fasziniert von der veränderten Familienstruktur und von der ungewöhnlichen Erscheinung der vertrauten Wale, die alle viel jünger waren.

„Wir müssen etwa 24 Jahre zurückgegangen sein", stellte Peter fest. „Sieh nur, Marete ist noch ein Jugendlicher!" Die Kinder kamen aus dem Staunen nicht heraus. Balene war etwa 30 Jahre alt. Irgendetwas an ihr war anders, aber die Kinder errieten nicht, was es war. Immer wieder betrachteten sie Piau, und sie fühlten einen großen Schmerz in sich. Piau. Sie würde einmal die Mutter von Lesja sein. Sie würde umkommen.

Der Regen ließ allmählich nach. Die Wale hatten bereits mehrere kleine Schiffe in der Gegend gehört und schienen davon nicht im Geringsten beunruhigt. Als sie nah genug an einigen Booten vorbeischwammen, erkannte Lisa Fotoapparate und Ferngläser in den Händen der Leute. Peter las „Whale-Watch". Als die Touristen zu aufdringlich wurden, ließ die Familie die Walbeobachter hinter sich und zog weiter. Xila führte ihre Gruppe gerade um eine kleine Insel herum, als sich ihnen ein Boot näherte. Zunächst reagierten sie nicht darauf. Nach ihren Erfahrungen würden die Menschen gleich den Motor abstellen oder zumindest drosseln.

Alle Familienmitglieder verhielten sich ruhig. Selbst als Pachi neugierig zu der Yacht hinüberschwamm, blieben die anderen gelassen. Tame drehte jedoch ab und folgte ihrem Sohn: „Übertreib nicht, Pachi. Komm wieder her!" Doch Pachi schwamm weiter, trotzig wie er war. Noch erkannte niemand die Gefahr.

Als Lisa und Peter nahezu gleichzeitig den Gegenstand in der Hand des Mannes sahen, war es bereits zu spät. Warnende Schreie blieben den Kindern im Hals stecken und schon gab es einen lauten Knall. Ein Schuss.

Pachi schrie auf. Ein zweiter Schuss folgte. Balene schrie auf.
Donnernd kamen die Echos von den felsigen Wänden der Insel zurück und schlugen den Walen entgegen. Gellendes Lachen ertönte von der Yacht und Jubelschreie waren zu hören. Die Kinder waren fassungslos. In diesem Moment näherte sich ein weiteres Boot. Schnell packte der Mann das Gewehr weg und steuerte sein Fahrzeug mit höchster Geschwindigkeit in die entgegengesetzte Richtung.

Zurück blieben zwei blutende Orcas. Bei Balene hatte die Kugel die hintere Kante ihrer Rückenflosse durchschlagen. Ein Stück der Finne war heraus gefetzt worden. Pachi hatte es viel schlimmer erwischt. Das erste Geschoss hatte sich bei ihm direkt hinter seiner kleinen Rückenflosse in den Körper gebohrt. Es war nicht wieder ausgetreten. Tame war sofort bei ihm und untersuchte ihn mit ihren Echocklicks. Der kleine Wal jammerte vor Schmerzen. Das Wasser um ihn herum färbte sich rot. Xila und die anderen trafen ein. Niemand konnte fassen, was gerade passiert war.

Das andere Boot näherte sich, es waren Walbeobachter. Peter fürchtete einen Moment, die Wale könnten das kleine Boot angreifen. Er sah die Menschen darauf und die aufgerissenen

Augen. Auch ihnen stand Entsetzen und Verzweiflung ins Gesicht geschrieben. Doch die Wale waren mit sich selbst beschäftigt.

Balene kreiste verwirrt umher, während Tame aufgeregt um ihren Sohn herum schwamm. Abwechselnd wurde Pachi von einem der anderen Orcas von unten gestützt, damit er an der Oberfläche Luft holen konnte. Er erholte sich ein wenig und bewegte seine Schwanzflosse. Die Blutung ließ allmählich nach, doch noch immer floss es bei jedem Auftauchen an seinem schwarzen Körper herab ins Wasser. Dann geschah etwas Seltsames.

Die Kinder trauten kaum ihren Augen. Xila bugsierte Pachi in die Richtung des Whale-Watch Bootes. Direkt daneben hob sie von unten den blutenden kleinen Orca ein wenig aus dem Wasser. Lisa beobachtete die Menschen. Sie würden nicht helfen können, das war klar. Die Leute auf dem Boot schienen zunächst zu Salzsäulen erstarrt zu sein. Keiner rührte sich. Dann hielt sich eine Frau die Hände vor das Gesicht und begann zu weinen. Ein Mann raufte sich die Haare und ein anderer saß nur still da und starrte auf den blutenden kleinen Wal. Schließlich griff der Skipper zu seinem Funkgerät.

Nach einer Weile führte Xila den verletzten Pachi wieder weg. Die Gruppe zog weiter um die Insel herum. Pachis Schussverletzung schien sich etwas zu beruhigen, doch er hatte Schmerzen beim Atmen und konnte kaum mehr als drei Meter tief tauchen. Balene erholte sich schneller. Ihre Verletzung war nur oberflächlich. Lisa und Peter folgten der Familie, hielten jedoch Abstand. Nun war ihnen mit einem Mal klar, was an Balene vorher anders gewesen war. Sie hatte noch nicht die Kerbe in ihrer Finne gehabt, die sie nun für den Rest ihres Lebens kennzeichnen würde.

In den Köpfen der Kinder hallte noch das Echo der Schüsse und das gequälte Stöhnen der verletzten Wale, als sich die Familie immer weiter von ihnen entfernte.

Dann geschah etwas Merkwürdiges. Auf unerklärliche Weise trug ihnen das Meer zu, was sich in den Monaten nach diesem schrecklichen Vorfall ereignet hatte:

Pachi war durch seine Verletzung nicht in der Lage, sich ein gutes Fettpolster anzufressen. Er wurde immer dünner. Tame ereilte ein ähnliches Schicksal, weil sie keine Minute von der Seite ihres Sohnes wich. Als die Orcas schließlich in ihr Winterrevier fortzogen, konnten Tame und Pachi sie nicht begleiten. Die Familie musste die schwache Schwertwalmutter mit ihrem verletzten und abgemagerten Sohn zurücklassen. Sie sahen die zwei nie wieder.

Der Regen wurde wieder stärker und bald prasselten die Tropfen so dicht auf die Wale nieder, dass Lisa und Peter über Wasser nichts mehr erkennen konnten. Ihnen wurde schwindelig. Es begann zu rauschen und tausende von Luftblasen sprudelten um sie herum. Ein mächtiger Sog riss die zwei davon.

    „Tame, Pachi: Zeit der Erinnerung!"
*8

Die Tarefaner

Einige Tage waren seit dem Zeitsprung vergangen. Es war nun bereits Mitte August. Die Wale genossen den wärmsten Monat des Jahres, zumal er neben den angenehmen Temperaturen auch noch eine andere Annehmlichkeit mit sich brachte: einen Überfluss an Lachsen. Mitte August überschneiden sich die Laichzeiten der verschiedenen Lachsarten. Während die Anzahl der beliebten riesigen Königslachse, der Blaurückenlachse und der Hundslachse zurückging, strömten immer mehr Silberlachse den Flussmündungen entgegen. Die Orcas nannten sie Koho.

Für die Schwertwale war der Tisch reich gedeckt. Es gab Beute im Überfluss, und alle Wale nahmen kräftig an Gewicht zu. Lisa bemerkte jedoch, dass die alte Xila viel weniger fraß als die anderen Wale. Sie begann, sich Sorgen zu machen. War Xila krank? Ihre schwarze Haut wirkte beinahe dunkelgrau und ihre Augen schienen von einem milchigen Schleier überzogen. Immer öfter brauchte sie nun Hilfe, um erfolgreich Beute zu machen. Die anderen Wale der Familie, besonders Balene und die beiden erwachsenen Männchen, unterstützten Xila bei der Jagd.

Ungeachtet dessen war die Stimmung in der Familie ausgezeichnet. Sie hatten viel Spaß, genossen den Überfluss an Nahrung, sprangen wild in den Fluten umher und vollführten akrobatisch anmutende Sprünge. Xila hielt sich jedoch immer öfter abseits der Gruppe auf. Balene übernahm dann das Kommando.

Schließlich nahm Lisa allen Mut zusammen und fragte Balene, was mit Xila los sei: „Ist sie krank?"

„Meine Mutter krank?", fragte Balene zurück, „Nein, wieso? Sie ist nur alt. 136 Wanderungen hat sie schon mitgemacht. Das ist wunderbar." Lisa überlegte. Da konnte etwas nicht stimmen. 136 Jahre alt konnte Xila niemals sein, so alt wurde kein Orca. „136 Wanderungen? Was meinst du damit?"

Lisa bereute sofort ihre Frage. Wie sollte sie erklären, warum sie das nicht wusste? Doch Balene zögerte keinen Moment mit der Erläuterung: „Wir ziehen zu Beginn der warmen Zeit hierher und wenn die kalte Zeit beginnt, dann ziehen wir von hier weg." Lisa überdachte Balenes Worte. Xila war also etwa 68 Jahre alt. Eigentlich hätte sie Balene noch gerne gefragt, wo sie die Winter verbrachten. Aber sie hielt sich zurück. Vielleicht würde das erfahrene Weibchen sonst doch noch skeptisch werden.

„Meine Mutter wird bald sterben, Lisa. Das wissen wir alle. Das weiß sie selber auch. Meine Mutter hat ein so großes Wissen. Sie ist Teil vieler wertvoller Erinnerungen. Es ist eine große Freude, sie so alt zu sehen. Wenige von uns haben das Glück, diesen Weg zu gehen. Viele verlassen uns weit vor ihrer Zeit, viel jünger."

Lisa wusste nicht, ob sie sich nun freuen sollte oder ob es vielmehr angebracht sei, traurig zu sein. Ihre Gefühle waren völlig durcheinander. Doch als sie Xila sah, wie sie sich umdrehte und genussvoll ihren Bauch in die Sonne streckte, da verflog das schlechte Gefühl. Xila war mit sich im Reinen. Sie hatte ihr Leben gelebt, und sie sah ihrem Ende mit großer Gelassenheit entgegen.

Mit einem Mal verbreitete sich Unruhe im Meer. Fremde Töne drangen an Peters Ohren. Es war ein Fiepen und Pfeifen. Irgendwie ihrer Sprache ähnlich; und doch völlig unverständlich. „Tarefaner!", rief Rhani. Tarefaner? Peter wusste nicht, was Rhani meinte. Auch Lisa konnte sich unter dem Begriff *Tarefaner* nichts vorstellen.

Das Geräusch wurde lauter und die Familie wich seitlich etwas aus. Was da auch kam, Xila wollte einen direkten Kontakt vermeiden. Peter war jedoch von der Situation fasziniert. Manulu und Marete flankierten die Gruppe und würden bei den heranrückenden Tieren zwischen diesen und der Familie schwimmen.

Diese Vorsichtsmaßnahme machte Peter noch neugieriger. Xila würde ein Ausscheren nicht dulden und die beiden mächtigen Männchen ließen keinen Zweifel daran, dass sie Xilas Anweisung umsetzen würden. Also schwamm Peter möglichst unauffällig an Manulu heran. So fühlte er sich einerseits sicher, bekam aber andererseits möglichst viel mit, wenn es losging. Lesja wollte Peter folgen, wurde jedoch von Simuna zurückgehalten. Unter keinen Umständen wollte sie ihre Enkelin in unnötiger Gefahr sehen.

Die Tarefaner kamen mit einer ungeheuren Lautstärke angeschwommen. Sie machten einen Höllenlärm. Auch Xila und ihre Familie waren manchmal überschwänglich laut, besonders der stürmische Rhani und die kleine vorlaute Jimee. Doch diese Art Lautstärke von Meereswesen waren sie nicht gewöhnt. Peter erwartete, Delfine zu sehen. Doch als seine Echoklicks ein Bild zurückwarfen, waren es die Körper von Orcas.

„Das sind welche von uns!", sagte er deshalb mächtig überrascht. „Nein", erwiderte Manulu, „das sind Tarefaner!" Peter war verwirrt. Tarefaner? Manulu merkte, dass seine Antwort nicht ausgereicht hatte, um Peters Neugier zu befriedigen: „Tarefaner leben normalerweise draußen im tiefen Meer ohne Inseln. Sie kommen bestimmt gerade jetzt, weil es so viel zu fressen gibt. Passiert ist eigentlich noch nie etwas. Aber wir sind vorsichtig, schon allein deshalb, weil wir sie nicht verstehen können. Es sind immer so viele und man weiß nie….." Peter blieb noch eine Weile an Manulus Seite. *Offshores* ging es ihm durch den Kopf. Die Wale, die in großen Gruppen im offenen Meer leben nannte man *Offshores*. Sie waren kaum erforscht.

Wie eine einzige Masse zog die riesige Gruppe der Tarefaner an der Familie vorbei. Dabei machten ihre vielen Stimmen einen ohrenbetäubenden Lärm. Sie schienen keinerlei Notiz von der Familie zu nehmen. Peter versuchte, die Anzahl der Orcas zu schätzen. Er hatte Probleme dabei. Schließlich fragte er Manulu. „59", antwortete der knapp. Peter war von Manulus Fähigkeit beeindruckt.

Aufmerksam beobachtete Peter das Aussehen und das Verhalten der fremdartigen Wale. Die Gemeinsamkeiten mit ihren eigenen Körpern überwogen deutlich. Doch die Tarefaner waren etwas kleiner. Ihre Finnen waren durchweg nicht so hoch, was bei den ausgewachsenen Männchen besonders auffiel. Sie knickten ebenfalls leicht nach hinten ab, hatten aber überwiegend eine abgerundete Kante. Peter bemerkte einige Delfine, die die Gruppe der Tarefaner zu begleiten schienen. Er schloss daraus, dass die Tarefaner offenbar keine Delfine jagten. Ihr Beutezug galt tatsächlich den Lachsschwärmen.

Ehe Peter sich versah, waren die *Offshores* bereits an ihnen vorbeigezogen. Zurück blieb lediglich noch für eine Weile das wilde Durcheinander ihrer vielen Stimmen.

Langsam kehrte Ruhe ein. Die Familie formierte sich wieder neu. Lesja gesellte sich sofort zu Peter und auch Lisa schwamm zu ihm, um einige Fragen zu stellen. Im Gegensatz zu Peter hatten sie nicht so viel beobachten können. Interessiert lauschten sie Peters Bericht über die Tarefaner.

Grausame Jagd

Nach einer Weile weckte etwas anderes die Aufmerksamkeit der Familie. Sie nahmen zwei andere Wale wahr, die in einem tieferen Meeresabschnitt nach Nahrung suchten. Als Peter und Lisa im Schlepptau der drei jungen Weibchen Lesja, Jimee und Nipala davonschwammen, um die fremden Wale zu begutachten, hatte niemand Einwände. Offenbar ging von ihrer Art grundsätzlich keine Gefahr aus.

So entfernten sich die fünf Orcas von dem Rest der Familie. Die beiden fremden Wale hatten ungefähr eine Länge von sieben Metern, Furchen an der Kehle, eine kleine sichelförmige Finne und einen weißen Streifen quer über ihren Flippern. Ihre Fluke war eckig und in der Mitte tief eingeschnitten.

„Zwergwale", stellte Lisa fest, „die kleinste Art der Bartenwale!"

Die Zwergwale blieben von den fünf Schwertwalen völlig unbeeindruckt. Sie tauchten auf, um zu atmen, und setzten danach ihre Suche nach kleinen Schwarmfischen fort. Der Körperbau der Zwergwale schränkt ihre Beweglichkeit ein. Sie sind weniger wendig. Richtungsänderungen vollziehen sich deshalb viel langsamer als bei Orcas und auch beim Auf- und Abtauchen zeigt sich ihr Körper ziemlich steif. Dadurch strahlen sie eine Art Gelassenheit aus.

Die Zwergwale wirkten beinahe majestätisch, obwohl sie die Schwertwale an Größe nicht übertrafen. Fasziniert zogen die Orcas neben den Zwergwalen ihre Bahnen.

Doch die friedliche Situation fand ein jähes Ende. Völlig unbemerkt hatte sich eine Gruppe anderer, fremder Schwertwale genähert. Ihr unheimlicher, schriller Ruf versetzte Nipala und Jimee in Panik. Lesja wirkte lediglich etwas verwirrt. Während Lisa und Peter noch rätselten, was diese Rufe zu bedeuten hatten, breitete sich bereits der nächste Unheil verheißende Ton im Wasser aus.

Ein schreckliche Ahnung erwachte in den Kindern: *Transients*. Die Art Orcas, die der Bezeichnung "Killerwale" alle Ehre machen. Fleischfresser. Nicht Fische, sondern andere Säugetiere sind ihre Beute. Die Jagd hatte begonnen. Sofort herrschte ein wildes Durcheinander. Nipala und Jimee schrieen nach ihren Müttern. Sie schwammen planlos im Zickzack. Lesja flüchtete dagegen zwischen die beiden Zwergwale, die offenbar die Gefahr erkannt hatten und versuchten, vor den Jägern zu fliehen.

Peter und Lisa beobachteten, wie sechs mächtige Fleischfresser heranpreschten. Geräuschlos wie Raubtiere hatten sie sich unbemerkt genähert. Nun ließen ihre markerschütternden Rufe keinen Zweifel aufkommen: Sie griffen an! „Los, Lisa, du zu Jimee und Nipala!", brüllte Peter seine Freundin an. Die beiden Kleinen wirkten völlig aufgelöst. Lisa hatte alle Mühe, sich ihnen verständlich zu machen. Immer wieder hörte sie das Wort *Skruto*. War das die Bezeichnung für die Fleisch fressenden Orcas?

Schließlich schaffte sie es, die beiden jungen Weibchen dazu zu bewegen, hinter ihr herzuschwimmen. Die Fleischfresser kamen unaufhörlich näher. Inzwischen hatten die Zwergwale eine beachtliche Geschwindigkeit erreicht. Zwischen ihnen schwamm immer noch die junge Lesja. Sie fühlte sich dort sicher.

Doch ihre Hoffnung erwies sich als fataler Trugschluss. Die vermeintliche Sicherheit brachte sie in Lebensgefahr. Peter folgte den Fliehenden und musste ständig den Schlägen der mächtigen Fluken ausweichen. Er steuerte auf Lesja zu. Lisa wollte helfen, hatte jedoch die Verantwortung für Nipala und Jimee übernommen.

Die angreifenden Fleischfresser hatten sie nun beinahe eingeholt. Sie wirkten aggressiv und zu allem fähig. Ihre spitzen Rückenflossen verstärkten diesen furchteinflößenden Eindruck zusätzlich. Unzählige Narben und herausgebissene Ecken an ihren Finnen zeugten von einer Jagd, bei der sich die Beute verzweifelt gewehrt haben musste. Ihre Sättel hinter der Finne waren viel heller als bei den *residenten* Walen und zeichneten sich scharf ab. Sie tauschten knappe, jedoch unverständliche Kommandos untereinander aus und schwärmten auseinander.

Es musste sofort etwas passieren, sonst wären sowohl Lisa, Nipala und Jimee, als auch Lesja und Peter mitsamt den Zwergwalen eingekesselt.

Lisa brach nach links aus. Sie trieb ihren Körper mit aller Anstrengung an und war erleichtert, als Nipala und Jimee in der Lage waren, ihr zu folgen. Nur knapp konnten sie der Umzingelung entkommen. Aber was war mit Peter und Lesja?

Sie waren eingekesselt. Lisa musste Hilfe holen. So schnell es ging steuerte sie auf den Rest der Familie zu. Eigentlich wäre Lisa schneller gewesen, musste aber immer wieder ihre Geschwindigkeit den zwei kleineren und schwächeren jungen Weibchen anpassen. Ständig trieb sie die beiden hinter sich an: „Los! Schneller! Schneller!" Zwei Fleischfresser waren den dreien gefolgt. „Skrutos! Skrutos" schrie Nipala. Lisa wurde beinahe schwindelig. Sie merkte: Nipalas Kräfte ließen nach. Bald würden die Verfolger sie eingeholt haben. Lisa überlegte kurz, ob sie sich zurückfallen lassen sollte, um Nipala zu schützen. In diesem Fall wären aber auch die beiden Weibchen langsamer geworden und sie hätten keine Chance mehr gehabt, zu entkommen.

Meter um Meter näherten sich die Jäger. Gleich würden sie die zuletzt schwimmende Nipala erreichen. Als Lisa schon mit einem Schmerzensschrei von Nipala rechnete, geschah etwas völlig Unerwartetes: Die Fleischfresser drehten ab.

Zuerst machte sich Erleichterung breit. Dann durchfuhr es Lisa. Sie waren lediglich vertrieben worden. Nicht ihnen hatte der Angriff gegolten. Die Fleischfresser, oder Skrutos, wie Nipala sie genannt hatte, wollten die Zwergwale, nur die Zwergwale. Doch mittendrin schwammen Lesja und Peter. Würden die Jäger auch ihre Freunde angreifen?

Was sollte sie jetzt tun?

Von weitem hörte sie eine vertraute Stimme. „Lisa, Lisa! Was ist los?", Manulu war auf dem Weg zu ihnen, um nach dem Rechten zu sehen. „Alles in Ordnung?" Wie sollte Lisa ihm schnell die Situation klarmachen? Sie japste nach Luft. In ihrem Kopf rauschte das Blut. Lesja und Peter waren in höchster Gefahr. Die drei Gejagten waren jedoch völlig außer Atem. Schnell, schnell! Lisa schien die erste zu sein, die etwas mitteilen konnte. Doch sie brachte zu ihrer großen Verzweiflung keinen Ton hervor.

Die unterschiedlichen Bezeichnungen für die Jäger schwirrten in ihrem pochendem Kopf herum: Orcas, *Transients*, Fleischfresser.

Jede Sekunde zählte.

Schnell! Schnell!

„Skrutos!", brüllte sie schließlich, so laut sie konnte. Ihr Ruf erfüllte das Wasser und schien wie eine schreckensvolle Botschaft in jeden Winkel übermittelt zu werden. „Skrutos!"

Noch nie zuvor hatte sie Manulu so schnell schwimmen sehen. Wie ein Torpedo kam er auf sie zugeschossen. Unentwegt sandte er dabei Rufe aus, die den Rest der Familie informierten. Seine Stimme war mächtiger als Lisas und so würden ihn die anderen hören können. „Ihr bleibt hier!", schrie er Lisa, Nipala und Jimee zu, als er in vollem Tempo an den dreien vorbeischoss. Lisa zögerte. Sie wollte Manulu begleiten. Vielleicht konnte sie irgendwie helfen. Widerstrebend blieb sie jedoch bei den jungen Orcas, bis sie der Rest der Familie nach einer endlos wirkenden Zeit erreichte. Marete schwamm Manulu hinterher, während Xila, Balene, Lanah, Simuna und Rhani bei Nipala und Jimee blieben. Lisa zögerte keine Sekunde und schloss sich Marete an. Dabei hatte sie große Schwierigkeiten, seinem starken Körper zu folgen. Der Abstand vergrößerte sich zusehends, doch Lisa wusste, sie würden bald da sein.

Die Angriffsrufe der Skrutos und die Hilferufe von Lesja und Peter, die nun an ihre Ohren drangen, ließen Schlimmes erahnen. Dazwischen mischte sich die laute Stimme von Manulu. Als Marete, dicht gefolgt von der erschöpften Lisa, bei ihm eintraf, bot sich den beiden ein beängstigendes Bild.

Die Skrutos hatten die Wale umzingelt. Die Zwergwale waren an die Oberfläche getaucht, um Luft zu holen. Immer wieder versuchte einer der Fleischfresser, einen der Bartenwale am Auftauchen zu hindern, indem er sich mit seinem Gewicht auf ihn legte. Von allen Seiten schnappten bereits die mächtigen Kiefer der fleischfressenden Orcas. Blut färbte das Wasser. Die Wale konnten es schmecken. Peter war zu Lesja vorgedrungen, doch sie beide steckten inmitten des Chaos.

Manulu versuchte, sich von einer Seite zu nähern und wurde sofort von drei Jägern abgedrängt. Es herrschte ein heilloses Durcheinander. Waren Lesja oder Peter bereits verletzt?

Die Zwergwale kämpften ums Überleben. Einer von ihnen hatte bereits eine klaffende Wunde am Bauch. Dem anderen fehlte ein Teil seiner Fluke. Wild stürzten sich die Skrutos immer wieder auf ihre Beute. Aber was war mit den eingekesselten Freunden?

Marete schloss sich Manulu an. Ebenso Lisa. Nur gemeinsam konnten sie gegen die sechs gierigen Skrutos etwas ausrichten. Zusammen steuerten sie auf Peter und Lesja zu. Als sie ein Skruto abdrängen wollte, rückten die drei noch enger zusammen und der Fleischfresser wich ihnen aus. Auch eine zweite Attacke konnten sie mit ihren starken Körpern und ein paar kräftigen Flukenschlägen abwehren. Schließlich durchbrachen sie den Kreis der Jäger und drangen zu Peter und Lesja vor.

Wie durch ein Wunder waren sie in all dem Chaos unverletzt geblieben. Manulu und Marete nahmen die drei Jüngeren in die Mitte, und zusammen brachen sie aus. Fünf Flüchtenden konnte der Ring der Skrutos nicht standhalten. Sie sprengten die Einkesselung und waren frei. Zu Lisas Überraschung wurden sie nicht verfolgt.

Jetzt erst gab es keinen Zweifel: Die Jagd hatte niemals ihnen gegolten. Die Skrutos hatten es lediglich auf die Zwergwale abgesehen und sie waren ihnen dabei im Weg gewesen. Dennoch standen Peter und Lesja unter Schock. Es dauerte eine Weile, bis sie sich beruhigten, und sie lauschten noch lange den furchtbaren Geräuschen, die verrieten, was sich hinter ihnen abspielte.

Die Skrutos griffen nach wie vor die Zwergwale an. Beißgeräusche erfüllten das Wasser. Die unheimlichen Rufe der attackierenden Fleischfresser mischten sich mit den schmerzerfüllten Schreien der Zwergwale. Knochen brachen und Sehnen rissen. Alle waren froh, das blutige Gemetzel nicht mit ansehen zu müssen. Doch allein die Töne ließen sie erschauern. Nach einer Weile war von den Zwergwalen nur noch ein kraftloses Stöhnen zu hören, bis sie schließlich ganz verstummten.

So schnell es ihre erschöpften Körper zuließen, vergrößerten Manulu, Marete, Lisa, Peter und Lesja den Abstand zu dem Schlachtfeld.

 ## Das große Leid

Völlig erschöpft kamen die fünf Schwertwale bei dem Rest der Familie an. Niemand war verletzt worden, doch der Schreck saß allen in den Knochen. Schützend nahmen Balene, Lunah und Simuna die jungen Wale in die Mitte. Sowohl die kleine Lesja als auch Peter und Lisa sollten sich erst einmal entspannen. Nipala und Jimee blieben dicht bei ihren Müttern. Auch ihnen war noch die große Angst anzumerken. Xila kümmerte sich kurz um Manulu und Marete und ließ sich den Hergang genau berichten. Rhani wich seinem älteren Bruder Manulu nicht von der Seite und lauschte neugierig seinen Worten. In solchen Momenten musste er sich selbst eingestehen, wie jung und unerfahren er im Grunde noch war. Doch er wollte einmal so werden wie sein großer Bruder. Manulu war stark und selbstbewusst. Ein umfangreiches Wissen und sein schönes Aussehen gaben ihm auch allen Anlass dazu. Manulu war Rhanis großes Vorbild.

Xila hörte aufmerksam zu. Ab und zu stellte sie eine Frage, um noch genauere Informationen zu erhalten. Schließlich schwamm sie zu Lisa und Peter, die sich inzwischen etwas beruhigt hatten und wieder in der Lage waren, Antworten zu geben. Am Ende fragte sie noch Lesja, warum sie zwischen die Zwergwale geschwommen war. „Ich dachte, sie beschützen mich. Sie waren so groß. So groß wie ein Boot. So groß wie ihr."

Über diese Worte dachten alle lange nach. War das der Grund, warum Lesja immer wieder die Nähe zu kleinen Schiffen suchte? Fühlte sie sich von ihnen beschützt?

Xila erzählte den anderen Walen einige Dinge über die Skrutos: „Leise und unauffällig nähern sie sich ihrer Beute: Robben, Schweinswale, Seevögel, Zwergwale und sogar den gefährlichen Seeleoparden. Selten sind es mehr als 7 Wale, die zusammen jagen. Sie arbeiten im Team, wenn sie die Beute stellen. Dabei sind sie manchmal grausam und machen ein Spiel daraus. Ihre Opfer haben oft einen langen, schmerzhaften Tod. Dann schütteln und pressen die Skrutos ihre Beute so lange, bis sie das arme Wesen aus seiner Haut herausgeschält haben. Sie fressen nur das Innere. Zurück bleibt eine leere Tierhülle. Ein Schatten von einem Leben. Manchmal starren dich noch die aufgerissenen Augen an, wenn du so eine Hülle findest."

Die Gruppe erschauerte bei dieser Vorstellung. Lisa war froh, dass sie das nicht vor einigen Stunden schon gewusst hatte. Sie wäre vor Angst gestorben. Peter dachte daran, dass er diese Tatsache einmal cool gefunden hatte. Früher einmal. Wann eigentlich? Wie lange waren sie schon hier?

Lesja schmiegte sich in diesem Moment an Peter: „Wir dürfen das nicht vergessen." Peter war irritiert. Auf was bezog sich Lesjas Bemerkung?

Sie musste die Skrutos gemeint haben. Schnell stimmte er ihr zu. „Die Skrutos haben selber aber auch Schlimmes erleben müssen", unterbrach Xila die von Grauen erfüllte Stille. „Wir werden uns erinnern!"

Erst als sie zur Ruhe gekommen waren, spürten sie die große Erschöpfung und die quälende Leere in ihren Mägen. Nachdem sie ihren großen Hunger gestillt hatten ruhten sie sich gemeinsam aus. Schließlich steuerte Xila wieder den Ort an, an dem sie in der Lage waren, sich zu erinnern: die Blackney Passage.

„Zeit der Erinnerung!"

Xila führte die Familie abermals in die starke Strömung. Sobald der enorme Sog die Wale erfasst hatte, begann das Rauschen. Luftblasen kribbelten auf der Haut. Eine überlegene Macht zog die Wale davon. Hinein in eine andere Zeit, an einen anderen Ort. Bald wussten sie nicht mehr, wo sie waren. Sie konnten ihren Körper nicht steuern und überließen sich dem Sog.

Zuerst suchte Lisa nach Peter. Sie fand ihn direkt neben sich. Das beruhigte sie. Das war bisher die Konstante bei jeder der vergangenen Zeitreisen gewesen. Sie waren stets zusammen, die Freunde, die Menschen in Orcagestalt. Schnell versuchten beide, die anwesenden Wale zu erkennen, um ungefähr zu wissen, wie viele Jahre sie zurückgesprungen waren.

Xila war noch viel jünger, aber bereits längst erwachsen. Selbst Balene war erwachsen. Zu ihrer großen Freude sahen sie Tame wieder, die zu diesem Zeitpunkt ebenfalls schon erwachsen war. Simuna hingegen war eine Jugendliche. All die jungen Wale waren verschwunden. Lediglich ein einziges Neugeborenes war zu sehen. Es drängte sich an Balenes Seite. Peter und Lisa brauchten einen Moment, bis sie erkannten, wer dieser kleine Kerl war. Marete. Beinahe mussten sie lachen. Unvorstellbar, was aus diesem Winzling später einmal werden würde.

Aus irgendeinem Grund war den Kindern diesmal klar, dass der Gruppe nichts geschehen würde. Dieses Mal nicht. Aber sie würden etwas erleben, was eine große Bedeutung hatte. Der Geschmack des Wassers verriet ihnen, dass sie in diesem Gebiet noch niemals zuvor gewesen waren. Sie befanden sich offenbar ziemlich weit im Süd-Osten. Vielleicht hatten sich die Aufenthaltsorte der einzelnen

Schwertwalgruppen im Laufe der Jahre geändert. Sie waren immerhin etwa dreißig Jahre zurückversetzt worden.

Sie schwammen an einer kleinen Bucht vorbei, als sie den ersten Schrei hörten. Der Ton ließ ihnen beinahe das Blut in den Adern gefrieren. Es war der Schmerzensschrei eines Orcas. Doch es war keiner ihrer Art, es war ein Fleischfresser, ein Skruto. Was um alles in der Welt konnte dort in der Bucht geschehen, dass ein Skruto einen derartigen Ruf ausstieß. Dann folgte ein weiterer schriller Ton. Und noch einer. Ein vierter und ein fünfter Schrei nahm von Luft und Wasser Besitz.

Die Familie verharrte auf ihrer Position. Sie war kurz davor, das Weite zu suchen. Doch Neugier hielt sie zurück. Sie überlegten sogar, weiter in die Bucht hinein zu schwimmen. Da schlug ihnen der nächste Schrei entgegen. Es war diesmal ein anderer Wal. Vier weitere markerschütternde Schreie folgten. Nein, sie würden nicht in die Bucht einbiegen. Was auch immer dort war, wenn es für Skrutos derart gefährlich war, was würde es für die friedlichen Fischfresser bedeuten?

Die Familie war wie gelähmt. Sie durften nicht näher heran, doch sie waren einfach nicht in der Lage, davon zu schwimmen. Irgendetwas veranlasste sie zum Bleiben. Unendlich langsam verstrichen die Stunden. Sie verbrachten sie wie in einem Nebel. Ihre Sinne waren von den Eindrücken der schmerzerfüllten Schreie wie betäubt.

Plötzlich tat sich etwas in der Bucht. Eine Prozession aus sechs Skrutos verließ den *Ort der Schreie*. Boote folgten ihnen in einem geringen Abstand. Die Skrutos wirkten völlig verwirrt. Zwei von ihnen gaben unablässig ein leises Wimmern von sich. Spätestens jetzt wäre es für Xila an der Zeit gewesen, ihre Gruppe in Sicherheit zu bringen. Sie hatten ein Baby bei sich, Marete.

Eine Gruppe von sechs Skrutos könnte ihn als leichte Beute ins Visier nehmen. Doch die Skrutos schenkten ihnen keine Beachtung. Sie waren erfüllt von Pein und Angst. Wie ein Mantel umhüllte sie der Schock des Erlebten. Aus einem inneren Zwang heraus untersuchte Xila die Skrutos mit ihren Echoklicks. Es war gerade so, als müsste sie entgegen aller Vernunft herausfinden, was es mit diesen Walen auf sich hatte. Die anderen taten es Xila nach.

Klicks erfüllten das Wasser und prallten von den sechs Skrutos ab. Vier von ihnen waren offensichtlich unverletzt. Die beiden anderen, ein Männchen und ein Weibchen, hatten jedoch eine merkwürdige Verletzung. Xila versuchte, sich die Bilder zu erklären, die sich in ihrem Kopf bildeten. Bisher hatte sie nichts Vergleichbares gesehen oder von so einer Art Verletzung auch nur gehört. Peter und Lisa sahen und verstanden, auch wenn sie nicht glauben wollten, was sich ihnen offenbarte.

Die Rückenflosse des etwa elfjährigen Skruto-Weibchens war bereits voll ausgewachsen, während die des ungefähr zwölfjährigen Männchens noch nicht ihre endgültige Größe erreicht hatte. Beiden Walen hatte man an der Vorderkante ihrer Finne einen kleinen Kasten montiert.

„Sender!", sagte Peter leise zu Lisa, „Sieh nur, wie sie die festgemacht haben. Wie schrecklich!" Lisa konnte nichts erwidern. Sie starrte auf die zwei verletzten Wale und hoffte noch, dass ihre Sinne sie täuschten. Aber es war keine Täuschung, was Lisa und die anderen erkannten; es war eine grausame Tatsache.

Fünf Schreie von jedem Wal.

Tack ... tack ... tack... tack ... tack.

Fünf Schreie. Fünf Schrauben.

Sie hatten den Walen tatsächlich fünf dicke Schrauben durch die Finne geschossen, um den Sender zu montieren. Mitten durch die dicke Vorderkante der Finne. Sicherlich, dort waren keine lebenswichtigen Organe. Es war wahrscheinlich sogar kaum Blut geflossen. Die Rückenflosse besteht aus festem Knorpel, ähnlich wie die Ohrmuschel der Menschen, nur noch fester und viel dicker. Peter und Lisa erschauderten. Was hatten die Menschen diesen Walen angetan?

In den Köpfen der Kinder begann es zu rauschen. Ihre Abscheu nahm ihnen jegliches Gefühl für Zeit und Raum. Sie schlingerten im Wasser umher und als die Skrutos ganz nah an ihnen vorbeizogen, wurden sie im Sog mitgerissen. Sie wurden schneller und schneller. Es gab kein Halten. Und mit einem Mal waren die Skrutos verschwunden. Nur noch Blasen und Strudel umhüllten sie.

„Skrutos: Zeit der Erinnerung!"

Traumhaftes Wetter empfing die Wale in der Gegenwart. Die Wellen auf der Oberfläche glitzerten und die ins Wasser fallenden Sonnenstrahlen verwandelten das Meer in eine Art Zauberwelt. Spitze Steine reflektieren das Licht und warfen es in verschiedene Richtungen zurück. Wasserpflanzen unterbrachen den Sonneneinfall, dadurch entstanden auf dem Meeresboden wundersame Muster.

Die Wale genossen den wunderschönen Sommertag. Nie würde das Wasser wärmer sein, die Sonne so kraftvoll scheinen. Die jüngeren Wale spielten mit ihrem eigenen Schattenbild. Die älteren sonnten sich an der Oberfläche, wobei sie sorgfältig darauf achteten, sich nicht die sensible Haut zu verbrennen. Rhani, Lisa und Peter fanden einen kleinen Tangwald und spielten Verstecken. Nach einer Weile gesellte sich auch die kleine Lesja dazu. Immer öfter suchte sie die Nähe von Lisa und Peter. So huschten sie zu viert zwischen den riesigen grünen Blättern dahin und neckten sich gegenseitig. Alle hatten an diesem Tag sehr viel Spaß.

Am Abend kam die Familie wieder zusammen. Völlig überraschend stellte Lisa der alten Xila eine Frage: „Was ist aus den Skrutos geworden? Habt ihr sie wiedergesehen?"

Xila schien förmlich darauf gewartet zu haben, dass irgendjemand diese Frage stellen würde. „Ja, das haben wir. Wir haben sie ein paar Mal getroffen. Das Ding an ihrer Flosse schien sie sehr zu stören, außerdem verursachte es ihnen offenbar starke Schmerzen. Am Ende der warmen Zeit, kurz bevor wir in unser Winterrevier zogen, hatten sie die fremdartigen Gegenstände verloren. Doch wir konnten mit unseren Klicks noch harte Metallteile in ihren Rückenflossen erkennen. Fünf von diesen Stäben hatte jeder der zwei Skrutos in seinem Körper stecken. Das Fleisch darum war entzündet und angeschwollen. Die Wunden verheilten lange nicht. Als wir sie das letzte Mal zu Gesicht bekamen, waren die Wale zwar gesund, doch sie hatten schreckliche Narben zurückbehalten."

„Warum haben die Menschen das mit ihnen gemacht?", fragte Lesja und wandte sich dabei mehr an Peter als an Xila. Peter wurde verlegen. Er wusste nicht, wie er sich aus der heiklen Lage befreien sollte. Warum vermutete Lesja, dass gerade ER eine Antwort auf ihre Frage wüsste. „Vielleicht wollten die Menschen irgendetwas testen oder herausfinden."

*9

Delfine

Die folgenden Tage waren ebenfalls durch wunderbares Sommerwetter geprägt. Die Wale tummelten sich im sonnen-durchfluteten warmen Wasser. Sie stellten den Lachsen nach, die nun immer seltener erschienen. Der Herbst stand bereits in den Startlöchern. Hin und wieder fragte Lesja Peter über die verletzten Skrutos aus. Nach und nach gab Peter kleine, wohlüberlegte Hinweise, die Lesja am Ende selbst zu der Antwort ihrer Frage führten: Die zwei Kästen gaben den Menschen in irgendeiner Form Informationen, wo sich die Wale aufhielten. Peter war so raffiniert vorgegangen, dass niemand Verdacht schöpfen würde. Lesja teilte den anderen in der Familie diese neue Erkenntnis mit, als wäre sie alleine zu dieser Schlussfolgerung gelangt. Peter war sich sicher, dass Xila dieses Wissen auf den Kontakt von Lejsa zu den Menschen zurückführen würde.

Die Kinder wiegten sich weiter in der Sicherheit, nicht als Menschen entlarvt zu werden. „Stell dir vor", meinte Lisa einmal zu Peter, als sie abseits der anderen schwammen, „stell dir vor, sie würden es herausfinden. Was meinst du, wie sie dann reagieren?"

„Ich weiß nicht, Lisa. Schau doch, was die Menschen den Orcas alles angetan haben. Mit Sicherheit würden sie uns verachten, oder womöglich sogar hassen. Sie dürfen es nicht erfahren. Auf keinen Fall!"

Zahlreiche Whale-Watch Boote kreuzten ihre Wege. Die Familie verließ sich auf Xilas große Erfahrung, wenn es darum ging, welchen Booten sie ausweichen mussten und welchen sie sich nähern durften. Wie immer war Lesja ganz besonders daran interessiert, den Menschen näher zu kommen. Lisa und Peter ließen sie nicht aus den Augen. Und die zwei Freunde beobachteten die Leute auf den Booten genau.

„Die tun nichts", sagte Lesja ab und zu. Dann überprüfte Peter die Situation und bestätigte meist: „Nein, die tun nichts." Lisa und Peter suchten dabei immer nach Ferngläsern und Kameras. Außerdem waren sie nach wie vor in der Lage zu lesen und so konnten sie schnell beurteilen, ob es sich um ein harmloses Whale-Watch Boot handelte. Doch manchmal war die Sache nicht so klar.

„Die tun nichts!", stellte Lesja wie immer fest, doch Peter hatte einen anderen Eindruck. Meistens handelte es sich dann um eine private Jacht. Oft steuerten die Fahrer ihr Gefährt ungebremst in die Gruppe der Wale hinein oder schnitten ihnen den Weg ab. In solchen Fällen drängten Peter und Lisa die kleine Lesja vom Boot weg.

Es gab Tage, da kamen so viele Whale-Watch Boote, dass sie die Wale beim Fressen oder Ruhen störten. Sie taten eigentlich nicht aktiv etwas, doch allein ihre Anwesenheit rief die Wale zu mehr Vorsicht auf und hinderte sie daran, ihren gewohnten Aktivitäten nachzugehen. Heute war so ein Tag und Xila wurde es zu lästig. Also zogen sie in ein anderes Gebiet weiter nördlich.

Schon von weitem hörten sie die Delfine. Piepsend und quietschend kamen sie näher. Wie eine Bugwelle schoben sie eine akustische Wand vor sich her. Es wurde immer lauter und lauter. Aus den zwitschernden Geräuschen entstand eine Art Summen und Zischen. Die Familie hatte nichts zu befürchten, sie genossen vielmehr das außergewöhnliche Spektakel. Das Meer brodelte, als die Delfine in Sichtweite kamen. Selbst Marete war nun nicht mehr in der Lage, die genaue Anzahl zu bestimmen. „So vierhundert etwa", vermutete er.

Die Sonne glitzerte auf den nassen Körpern. Ihre wellenförmigen Streifen an der Körperseite verwirrten zusätzlich, wenn sie abwechselnd aus dem Meer heraus schossen. Jedes Mal, wenn einer eintauchte spritzte das Wasser nach allen Seiten, und es kam gleich wieder ein anderer Delfin an die Oberfläche. Das Wasser schien zu kochen. Manche Tiere vollführten in der Luft wahre Kunststücke. Sie drehten sich um die eigene Achse oder erhoben sich weit aus dem Wasser. Es war ein wildes Durcheinander, unmöglich, ein einzelnes Tier für mehr als einen Moment mit den Augen zu verfolgen. Versuchte man es, versperrten sofort fünf andere Delfine die Sicht und - schwupp - war der angepeilte Delfin wieder in der Masse der Leiber verschwunden. „Es ist mir immer ein Rätsel", bemerkte Balene, „wie sie sich überhaupt zurechtfinden. So ein Durcheinander!"

Alle mussten lachen. Der Strom der Delfine riss überhaupt nicht ab. Das Meer schien erfüllt von ihnen. Körper an Körper, jeder zwischen einem und drei Metern Länge. „Welche sind das?", fragte Peter seine Freundin, in der Hoffnung, Lisa hatte sich mehr damit beschäftigt. Doch Lisa war zu fasziniert, um ihm zu antworten. Oder hatte sie ihn bei dem Krach nicht gehört?

Sie gab keine Antwort. Als die letzten Delfine vorbeigezogen waren, fragte Peter deshalb erneut. Dieses Mal reagierte sie: „Das waren Weißstreifendelfine."

Inzwischen war es tiefer Herbst geworden. Der Tang verfärbte sich. Das Grün wich einer Fülle von Rot- und Gelbtönen. Die Blätter wirkten nun nicht mehr wie ein undurchdringbarer Wald, sondern wie ein Flammenmeer unter Wasser. Das Farbenspiel wirkte jedoch auf die Wale anders, da ihre Augen die Farben nur als Grautöne wahrnahmen. Doch auch für sie war es ein außergewöhnlicher Anblick, denn die Grautöne, die Rot, Gelb und Orange erzeugten, wichen sehr von denen ab, die sie normalerweise in ihrer Welt unter Wasser zu Gesicht bekamen.

So genossen die Wale auf ihre Weise die herbstliche Stimmung. Über Wasser spielte sich das gleiche ab wie unter der Oberfläche. Die Bäume und Sträucher entzogen ihren Blättern das Chlorophyll und somit die grüne Farbe. Zurück blieben die Grundfarbe der Blätter: Gelb und Rot. Ganze Inseln wirkten so, als ständen sie in Flammen.

Das Wasser wurde deutlich kälter und immer häufiger blies ein scharfer Wind über das Meer. Der Winter stand beinahe vor der Tür. Der Zeitpunkt, an dem die Wale diese Region verlassen würden, rückte unaufhaltsam näher. Doch niemand wusste, wohin sie jeden Winter zogen. Wenn die anderen sie nicht hören konnten, sprachen Lisa und Peter nun immer häufiger davon, ob sie jemals zurückkehren würden.

„Ich habe Angst, dass wir immer Orcas bleiben", sagte Lisa eines Tages zu Peter. „Willst du denn immer ein Wal bleiben?" Peter dachte über Lisas Frage nach. „Nein, will ich auch nicht. Aber was können wir denn tun, um zurückzukommen? Uns bleibt doch nichts anderes übrig, als abzuwarten. Wenn sie bloß nicht doch noch herausfinden, dass wir Menschen sind!"

„Pssst!", herrschte ihn Lisa an, denn Lesja kam herangeschwommen. „Ihr seid so allein. Ich auch. Simuna versteht mich nicht. Sie schimpft immer mit mir, weil ich mich den Booten nähere. Aber ihr versteht mich. Das weiß ich."

Lisa stupste Lesja liebevoll an. „Na klar verstehen wir dich. Schließlich haben dich die Menschen zu uns zurückgebracht. Niemand aus der Familie hatte bisher so viel Kontakt zu den Menschen wie du." Augenblicklich bereute Lisa ihre Wortwahl. Wie würde Lesja sie interpretieren? Es entstand ein Moment der Stille. „Stimmt, wahrscheinlich kenne ich wirklich die Menschen besser als die anderen." „Bestimmt ist das so", pflichtete Peter bei. Lesja verharrte noch einen Moment bei den beiden und schwamm dann zurück an die Seite ihrer Großmutter.

An einem besonders stürmischen Tag kam ihnen die Gruppe von Schepee entgegen. Die Wiedersehensfreude war groß. „Gut, dass wir uns treffen!", rief Schepee schon von weitem. Xilas große Erfahrung verriet ihr in Sekunden den Grund für diese Bemerkung. Ihre Echocklicks zeigten ihr in der anderen Gruppe das Bild einer werdenden Walmutter. Die Geburt stand offenbar kurz bevor. Xila freute sich. Nachwuchs. Wie wunderbar, wie wertvoll!

Die beiden Gruppen suchten sich gemeinsam eine Bucht, die vom Wind abgewandt war. Hier war das Wasser ruhiger und die Bedingungen für eine Geburt günstiger. Lisa spürte die große Aufregung bei den weiblichen Orcas. Die männlichen Wale bildeten einen schützenden Ring um die Weibchen und die werdende Mutter. Auch Rhani und Peter durften in diesen Kreis und waren stolz, diese sehr verantwortungsvolle Aufgabe übernehmen zu dürfen. Lisa blieb in der Mitte bei den anderen Weibchen und hatte, zusammen mit Lanah und einem Weibchen aus der anderen Gruppe, die Aufgabe, die Jungtiere zu betreuen. Xila, Balene, Simuna und Schepee wollten sich um die werdende Mutter kümmern. Es war bereits ihr drittes Junges und sie war deshalb ruhig und gelassen.

Die ersten Wehen zuckten durch ihren Körper. Nach gut 14 Monaten wollte der kleine Orca der Enge des Mutterleibes entkommen, um sich in den Weiten des Ozeans zu tummeln.

Stunden vergingen. Lisa kümmerte sich um Nipala, Jimee, Lesja und zwei andere junge Walkinder. Es war wie einen Sack Flöhe hüten. Während Nipala und Jimee immer wieder einen Blick auf die fortschreitende Geburt werfen wollten und dabei den helfenden Erwachsenen in die Quere kamen, unternahm Lesja einige raffinierte Ausbruchsversuche. Ein herrlicher Wald aus Tang war in der Nähe. Nach wie vor übte so etwas eine magische Anziehungskraft auf Lesja aus. Außerdem wollte sie zu Peter. Doch der war voll damit beschäftigt, nach irgendwelchen Gefahren Ausschau zu halten.

Es gibt in diesem Gebiet einige größere Haiarten, für die ein ungeschütztes Walbaby eine leichte Beute ist. Außerdem gab es schließlich noch die Skrutos, die fleischfressenden Orcas.
Die Geburt ging voran. Die Männchen erweiterten den Ring um die anderen, damit das gebärende Weibchen mehr Platz für ihre Schwimmbewegungen hatte. Auf diese Weise erhöhte sie den Druck auf den jungen Walkörper in ihr, entlastete die Bauchmuskulatur und konnte so den Schmerz etwas lindern. Ständig untersuchten die anderen Weibchen den Fortgang der Geburt. Verlief alles normal?

Xila und Schepee tauschten sich aus. Alles war in Ordnung! Die anderen Weibchen waren erleichtert. Schnell drang diese Nachricht auch zu den Jungtieren, den „Kindermädchen" und den Männchen im Schutzring vor. Alle waren froh, dass es keine Komplikationen gab. Jeder erfüllte weiter seine jeweilige Aufgabe. Von Minute zu Minute stieg jedoch die freudige Spannung.

Schließlich erschien unten am Bauch der werdenden Mutter eine kleine zusammengeklappte Fluke. Kaum, dass sie den Körper verließ, rollte sie sich auseinander. Doch sie war noch ganz weich und schlaff. Lisa konnte ihre Neugier kaum zügeln. Da erlaubte ihr Lanah, sich die Geburt anzuschauen: „Schwimm schon! Ich schaffe das hier auch allein."

Lisa ließ sich das nicht zweimal sagen. Sie näherte sich der werdenden Mutter so weit es ging, ohne das Geschehen unnötig zu stören. In respektvollem Abstand beobachtete sie, wie die kleine Babyfluke immer weiter aus dem großen Walkörper herausgeschoben wurde. Lisa grübelte, warum das Walbaby genau anders herum herauskam und nicht, wie bei den Menschen, mit dem Kopf zuerst. „Der Schwanz kommt zuerst, damit der Kleine nicht schon versucht, zu atmen. Sobald er nämlich mit dem Kopf aus dem Körper der Mutter heraus ist, wird er sofort den Drang haben, Luft zu holen. Wenn es später soweit ist, müssen wir alle gut aufpassen. Er muss dann ganz schnell an die Oberfläche."

Balene schien gewusst zu haben, welche Frage durch Lisas Kopf schwirrte. „Aha", erwiderte sie, leicht verwirrt, woher Balene ihre Gedanken kannte.

Wehe um Wehe bahnte sich der kleine Körper seinen Weg durch den engen Geburtskanal. Nun kam der schwierigste Teil. Die Walmitte. Obwohl die Finne und die Brustflossen eng anlagen, war es doch mit Abstand der Körperteil mit den größten Ausmaßen. Für einige Minuten sammelte die werdende Mutter noch einmal alle Kraft. Sie wusste, würde sie diese Anstrengung schaffen, käme der Rest des Babykörpers nahezu von alleine aus ihr heraus. Die Schmerzen hatten sie inzwischen sehr geschwächt. Ihre Muskeln schienen ihr kaum noch zu gehorchen. Sie tauchte an die Oberfläche, um ihre Lungen zu füllen. Gleichmäßig hob und senkte sie ihre Fluke. Plötzlich wirkten ihre Bewegungen leicht und entspannt. Lisa bekam beinahe Angst. Minutenlang passierte gar nichts. Die werdende Mutter zog ruhig ihre Bahnen, und hätte nicht unten an ihrem Bauch das hintere Ende eines kleinen Orcas herausgeschaut, hätte es keinen Anhaltspunkt für diese außergewöhnliche Situation gegeben.

Unvermittelt spannten sich die Muskeln ihres Körpers und sie stieß sich mit wuchtigen Schlägen ihrer Schwanzflosse an. Für Lisa kam dies völlig überraschend. Xila, Balene, Simuna und Schepee jedoch waren im selben Moment losgeschwommen. Während Xila und Simuna neben dem Kopf des Weibchens ihre Positionen einnahmen, blieben Balene und Schepee schräg unterhalb. Nun ging alles sehr schnell.

Plötzlich war das Walbaby draußen. Der Kleine taumelte in der neuen Umgebung. Das kalte Wasser schien ihn zu erschrecken, doch instinktiv strebte er der Wasseroberfläche entgegen. Schepee unterstützte ihn, indem sie ihn ganz leicht berührte und die

Schwimmrichtung stabilisierte, denn seine weichen Flossen konnten diese Funktion noch nicht übernehmen. Balene blieb dicht unter ihm. Sie schnitt ihm damit den Weg nach unten ab.

Hinauf, hinauf zum lebensnotwendigen Sauerstoff. Kaum an der Grenze von Wasser zur Luft angekommen, öffnete sich sein kleines Blasloch.

Er tat den ersten Atemzug!

Inzwischen waren auch Xila und Simuna mit dem erschöpften Weibchen umgedreht und das kleine Stück zurückgeschwommen. Sofort machten Balene und Schepee Platz, um die junge Mutter an ihr Kind heranzulassen. In Windeseile verbreitete sich die gute Nachricht bis in den äußeren Ring der Männchen. Peter wollte sogleich zurückschwimmen, doch Marete hielt ihn davon ab: „Noch nicht, Peter! In ein paar Stunden kann der Kleine besser schwimmen. Dann können wir ihn begrüßen." Peter war etwas enttäuscht, doch er hielt sich an Maretes Anweisung. Er nutzte jedoch die Chance, um endlich einer Frage nachzugehen, die er sich seit langem stellte.

„Woher hast du eigentlich die Kerbe in deiner Finne?", fragte er Marete unverblümt.

„Tja, das war ich damals selber Schuld", erklärte Marete bereitwillig, „Früher war ich genauso vorlaut und waghalsig wie Rhani ... und wie du. Da habe ich auch unvernünftige Sachen gemacht, so wie ihr, als ihr in das Flachwasser geschwommen seid. Bei mir war es damals ein Seelöwe. Die anderen hatten mich zwar gewarnt, aber ich dachte, man könnte so ein Wesen doch auch mal necken. Das ist mir gar nicht gut bekommen. Immerhin war der Seelöwe halb so groß wie ich damals als Jugendlicher. Er stürzte sich mit seinem mächtigen Körper auf mich, dabei brüllte er furchterregend. Ich sah noch, wie er seinen kräftigen Nacken nach hinten riss und mit seinem räuberischen Gebiss nach mir schnappte. Mit knapper Not konnte ich das Schlimmste vermeiden, aber mit einem seiner langen Reißzähne erwischte er mich doch noch an meiner Finne. Und weg war die Ecke."

Marete schien sich im Nachhinein über diese schmerzhafte Erfahrung zu amüsieren.

Es vergingen einige Stunden, bis Marete die Nachricht verkündete, dass nun alle zur Gruppe zurückkehren könnten. Freudig eilten sie dem Neugeborenen entgegen, das dicht neben seiner Mutter schwamm. Es war nicht einmal zwei Meter lang und wirkte selbst im Vergleich zur einjährigen Jimee winzig. Seine Flossen hatten sich bereits etwas verhärtet, hielten den kleinen Körper stabil in der richtigen Lage. Die Haut jedoch hatte eine ungewöhnliche Färbung. Das Schwarz war noch dunkelgrau und die weißen Flecken schimmerten eher bläulich-lila, was natürlich mit den Augen der Wale etwas anders aussah. Peter wunderte sich und fürchtete, etwas sei mit dem Kleinen nicht in Ordnung. Doch Marete konnte ihn beruhigen: „So sehen wir alle am Anfang aus. Wenn seine Mutter ausreichend gute Milch hat, dann wird er schon doppelt so viel wiegen, ehe wir ins Winterrevier ziehen. Der Speck unter der Haut macht diese undurchsichtiger und man sieht die Blutflüsse nicht mehr hindurch schimmern. Dann wird er so aussehen, wie wir anderen. Dass ihr euch immer Sorgen macht!"

Peter war etwas irritiert über die letzte Bemerkung, aber auch erleichtert. Alles war in bester Ordnung. In kurzen Abständen tauchte der kleine Orca auf, um Luft zu holen. Der Atemrhythmus war aufgrund seiner kleineren Lungen viel schneller als bei seinen älteren Verwandten. Die Mutter blieb immer an seiner Seite, atmete jedoch nur bei jedem dritten Auftauchen. Hin und wieder schwamm der Kleine an den Bauch seiner Mutter und trank dort die fetthaltige Muttermilch. Sie wurde ihm durch eine bewusste Muskelanspannung der Milchdrüse regelrecht ins offene Maul gespritzt.

Balene und Xila flankierten die Mutter und das Neugeborene immer noch. Sie entfernten sich lediglich, wenn andere Familienmitglieder das Junge begrüßen wollten. Vorsichtig schwamm jeder aus den zwei Gruppen an Mutter und Kind vorbei, wobei sie ganz sacht das Junge berührten. Der Kleine wurde so in die Familie aufgenommen. Er war nun ein fester Teil von ihr, der sich jederzeit auf den Schutz und die Unterstützung der anderen verlassen konnte.

Um die Anspannung von sich abzuschütteln, sprangen die jüngeren Wale übermütig aus dem Wasser. Die zwei Gruppen tummelten sich ausgelassen in den Fluten. Der jungen Mutter stand eine anstrengende Zeit bevor. Ihr Neugeborenes würde die nächsten drei Monate nicht schlafen; und sie ebenfalls nicht. Sie brauchte die Hilfe der ganzen Gruppe, damit ihr Junges das kritische erste Jahr überstehen konnte. Doch alle waren bereit, für das neue Leben in ihrer Mitte einzustehen und ihr Bestes zu geben.

 **Der Buckelwal**

In den letzten Herbsttagen sank die Wassertemperatur noch einmal spürbar ab. Doch die Wale hatten sich bereits eine dicke Fettschicht angefressen. Sie wirkte isolierend, und die Kälte konnte ihnen nichts anhaben. Selbst der kleine, drei Wochen alte Schwertwal schien nicht unter den niedrigen Temperaturen zu leiden. Er hatte mächtig zugelegt und wirkte kräftig. Xila war ebenfalls sehr optimistisch, was den Kleinen anging und so entschied sie gemeinsam mit Schepee, dass sich die Gruppen nun wieder trennen würden. Das Nahrungsangebot war zusehends schlechter geworden und es war nötig, in verschiedenen Regionen zu jagen.

Es folgte eine große Abschiedszeremonie. Besonders den Weibchen fiel es schwer, sich den Rücken zu kehren. Aber alle sahen ein, dass es nötig war, um bessere Jagderfolge zu erzielen. Noch lange schickten sie einander Rufe zu, ehe das Meer ihre kräftigen Stimmen verschluckte.

Dann waren sie wieder unter sich. Jimee fühlte sich nun viel älter, da sie nicht mehr die Jüngste in der Großfamilie war. Diese neue Erfahrung machte sie nur noch vorwitziger. Aber auch sie war gerade erst dem kritischen ersten Jahr entwachsen. Jimee übernahm die Rolle des Spaßvogels in der Gruppe und löste damit Rhani ab, der im vergangenen Sommer enorm gewachsen war. Seine Finne war in die Höhe geschossen und ähnelte inzwischen der eleganten Rückenflosse seines großen Bruders Manulu. Rhani war mächtig stolz. Die Zeit war für ihn vorbei, in der er der stürmische, unbedacht handelnde Jugendliche war. ER war nun erwachsen. ER war im nächsten Sommer reif, bei den großen Zusammenkünften mit einem hübschen Weibchen davonzuziehen. ER konnte Verantwortung übernehmen.

Jimee versuchte nun, die Lücke zu füllen, aus der ihr Bruder Rhani herausgewachsen war. Doch eigentlich war sie dafür noch zu jung, viel zu jung. Ihre Mutter Simuna musste sie oft in ihre Schranken weisen, wenn sie gar zu übermütig wurde. In diesem Alter hatte Simuna damals Seria verloren. Sie wollte nicht noch ein Kind durch dessen Leichtsinnigkeit verlieren.

Jimees fleckiger Rücken war inzwischen noch auffälliger geworden. Was bei ihrer Geburt vor einem guten Jahr noch sehr wenig zur Geltung kam, zeigte sich nun ganz deutlich. Sie hatte überhaupt keinen Sattelfleck hinter ihrer Finne. An der Stelle, wo jeder Orca einen grauen oder weißen Fleck hat, waren ihre vielen hellen Pünktchen lediglich enger beieinander. Nipala und Lesja neckten sie deshalb öfter und riefen: „Fleckendelfin! Fleckendelfin!" Jimee versteckte sich dann jedes Mal hinter ihrer Mutter.

Als sie gerade wieder einmal schmollend hinter Simuna verschwunden war, erfüllte ein ohrenbetäubender Ruf das Meer. Sofort schoss die neugierige Jimee wieder hinter dem mächtigen Körper ihrer Mutter hervor. Lisa und Peter kannten diesen Ruf aus verschiedenen TV-Sendungen über Wale. Doch diesen merkwürdigen Ton unter Wasser zu hören, war wieder etwas anderes. Sie wussten, dass von diesem Wal keinerlei Gefahr ausging und stürmten davon. Das wollten sie sich ansehen.

Xila hatte keine Einwände, so durften auch die drei jungen Weibchen die Gruppe verlassen und Peter und Lisa begleiten. Sie brauchten nicht lange, um den Wal zu erreichen, der den Ruf ausgestoßen hatte. Schon auf den ersten Blick bestätigte sich Peters und Lisas Vermutung: ein Buckelwal. Knapp vierzehn Meter war er lang. Seine Brustflossen maßen beinahe fünf Meter und ihre weißen vorderen Kanten schimmerten unter Wasser.

Die mächtige Fluke war fast so breit wie die kleine Jimee lang war, etwa viereinhalb Meter. Achtundzwanzig Furchen zogen sich vom Kinn bis zum Nabel. Hier konnte sich die Haut wie eine Ziehharmonika entfalten und ermöglichte dem Buckelwal, eine riesige Menge Wasser in seinem Maul aufzunehmen. Dies war auch nötig, denn genau wie der Grauwal und der Zwergwal gehört der Buckelwal zu den Bartenwalen.

Die Schwertwale schickten ihre Echocklicks zu dem Wal, um noch mehr zu erfahren. Über sechshundert Barten hatte der Wal von seinem Oberkiefer herabhängen. Sie waren am hintersten Ende des Maules, wo sie am größten waren, etwa einen Meter lang. Peter und Lisa beobachteten fasziniert, wie der Buckelwal Beute machte. Er erzeugte mit Luft aus seinem Blasloch ein Netz aus winzigen Luftblasen und trieb somit die kleinen Fische zusammen. Anschließend schwamm er von unten auf den Schwarm zu und drängte seine Beute mit weit geöffnetem Maul an die Wasseroberfläche.

Der Schwarm verschwand im aufgeblähten Kehlsack des Buckelwales. Anschließend schloss der Bartenwal sein Maul und presste das Wasser durch Zusammenziehen seines Kehlsackes und mit seiner Zunge zwischen den Barten hindurch aus seinem Maul. Die fransigen Barten wirkten wie ein Sieb und hielten die Fische im Maul zurück. Hauptsächlich Heringe, aber auch andere kleinere Fischarten waren seine Beute.

Aufmerksam beobachten die Orcas jede seiner Bewegungen.

„Was hat er denn da hinten?" Lisa hatte eine tiefe Delle direkt oberhalb der Fluke entdeckt. Sofort schwamm Peter näher heran,

125

um den merkwürdigen Einschnitt besser erkennen zu können. „Das ist der Rest von einem Netz!", rief er aufgeregt, „Der arme Kerl hat sich wohl mal darin verheddert. Sein Glück, dass er frei gekommen ist. Aber eine Schnur hat sich tief in sein Fleisch hineingerissen."

„Was ist eine Schnur?", fragte Lesja prompt und Peter erklärte es ihr. Anschließend machte er sich Gedanken, ob er zu viel Wissen preisgegeben hatte. Doch Lesja war offenbar nicht neugierig, woher er diese Dinge wissen konnte. Also beobachteten sie weiter den Buckelwal.

Den Schwertwalen war klar, sie konnten dem großen Bartenwal nicht helfen. Die künstliche Nylonfaser würde sich niemals zersetzen. Doch die Haut darum hatte sich nicht entzündet und war gut abgeheilt. Der Buckelwal war wahrscheinlich nur knapp mit dem Leben davongekommen. Als er zum Luft holen auftauchte, entwich eine mächtige Fontaine aus seinen zwei Blaslöchern. In etwa vier Metern Höhe sammelte sich das Kondenswasser und es entstand eine Art Wolke. Nach mehreren Atemzügen tauchte er wieder ab und zeigte dabei seinen stark gekrümmten Rücken.

Er machte einen Buckel.

Die Kinder lachten: daher der Name *Buckelwal*. Zurück blieb der für Wale typische "Fußabdruck". Eine runde spiegelglatte Wasseroberfläche mit einem Durchmesser von fünf Metern. Selbst von unten konnten die Orcas dieses unverwechselbare Zeichen erkennen. Es entstand durch die steile Art des Abtauchens und den Sog der riesigen, über vier Meter breiten Fluke.

Für eine Weile begleiteten die Schwertwale den Buckelwal. Sie beobachteten neugierig, wie er sein Maul öffnete, um Tonnen von Wasser aufzunehmen. Die gefächerte Haut an der Kehle weitete sich, und der Wal wechselte sein Aussehen. Er schien nur noch aus Kopf und Maul zu bestehen. Es war ein unterhaltsames Schauspiel. Ebenso beeindruckte die Orcas die Dauer, die der Buckelwal unter Wasser bleiben konnte, ohne Luft zu holen. Fünfzehn Minuten schienen für ihn kein Problem zu sein. In dieser Zeit tauchten sie selber zwei bis dreimal an die Oberfläche, um ihre Lungen zu füllen.

126

Nach Stunden verließen sie den fressenden Buckelwal, der offenbar zu keiner Zeit Angst vor ihnen gehabt hatte. Aber woher wussten die anderen Wale, welche Schwertwale ihnen gefährlich werden konnten und welche nicht?

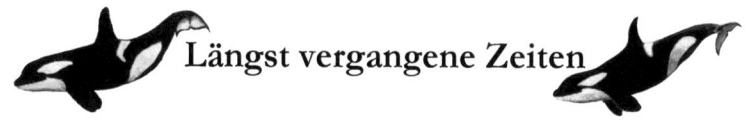 **Längst vergangene Zeiten**

Die Familie genoss die letzten Tage vor dem Wintereinbruch in vollen Zügen. Sie nutzten die selten gewordenen Sonnenstrahlen noch einmal für ein wärmendes Bad an der Oberfläche, und machten einen Wettbewerb daraus, wer von ihnen noch einen Lachs erwischte. Es gab noch einige wenige Fische, die zur großen Freude der Orcas hoffnungslos zu spät an den Flussmündungen eintrafen.

Nicht selten lag dichter Nebel über dem Meer und hüllte alles ein. Inseln verschwanden für Tage, die Sicht war gleich Null. Die Wale orientierten sich dann mit ihren anderen Sinnen. Immer häufiger tobten heftige Herbststürme über den Inseln. Bäume wurden entwurzelt und stürzten ins Meer. Hin und wieder wurden sogar ganze Strandabschnitte regelrecht verwüstet. Für die Wale

127

war das Wetter in der Regel kein Problem. Sie schwammen in den Windschatten einer Insel oder hielten sich in tieferem Gewässer auf.

Der Zeitpunkt kam unaufhörlich näher, an dem die Schwertwale diese Region in Richtung ihres Winterreviers verlassen würden.

Peter und Lisa wurden immer unruhiger. Wie lange konnten sie ihr Geheimnis noch hüten? Gab es überhaupt noch einen Weg zurück in ihre Welt, in die Welt der Menschen geben, wenn sie diese Gegend erst einmal verlassen hatten?

Sie ahnten beide, dass ihnen nur hier das Tor offen stand. Das Tor, durch das sie gelangen mussten, um wieder ihre menschliche Gestalt anzunehmen. Aber wie? Und wenn sie sich Xila anvertrauten, würde sie helfen können? Würde sie dann überhaupt helfen wollen?

Ihnen blieb nicht mehr viel Zeit, sich etwas einfallen zu lassen. „Können wir Xila nicht doch fragen?" Lisas Verzweiflung wurde immer größer. „Oder wir fragen jemand anderen, Lanah vielleicht, oder Balene. Sie wussten doch damals auch, dass wir kommen."

„Ja, schon, aber sie wussten ganz bestimmt nicht, WOHER wir kamen. Oder meinst du, sie hätten uns dann bei sich aufgenommen. Menschen?"

Lisa erkannte, dass Peters Einwand berechtigt war. Es war nicht absehbar, was passieren würde, wenn sie ihre wahre Identität preisgäben? Ein Schauer durchlief Lisas Körper. Würde sich die Familie von ihnen abwenden? Würde sie Lisa und Peter im Stich lassen oder womöglich noch viel schlimmer reagieren?

Xila steuerte die Blackney Passage an. Zuerst dachten die Kinder, sie würde lediglich den Kratzstrand aufsuchen, doch dann wartete Xila auf die hereinströmende Flut.

„Zeit der Erinnerung!"

Während die anderen Familienmitglieder völlig gelassen wirkten, stieg bei Peter und Lisa die Anspannung.

„Es wird nichts Schlimmes passieren", flüsterte Lesja ihnen leise zu, „aber ihr müsst noch etwas erfahren." Lisa dachte beinahe, sie hätte noch gehört: „bevor ihr geht", doch das bildete sie sich mit Sicherheit nur ein.

Schneller als erwartet erfasste die Strömung jeden Einzelnen und riss die Wale nacheinander mit sich. Luftblasen drückten gegen ihre Haut. Wilde Strudel zerrten an ihren Körpern. Dieses Mal schien die Wucht, mit der sie in die Vergangenheit gezogen wurden, noch mächtiger zu sein. Lichtblitze flackerten. Ohrenbetäubender Lärm nahm ihnen die Orientierung. Es dauerte eine halbe Ewigkeit, ehe sie wieder zur Besinnung kamen.

Schon die Luft, die sie mit dem allerersten Atemzug einatmeten, war anders. Peter empfand sie als angenehm frisch. Die Kinder überlegten und kamen zu dem Schluss, dass die Luft mehr Sauerstoff enthielt.

Dann kam für beide das große Wundern: außer ihnen war kein Wal in Sicht. Das war bisher noch niemals so gewesen. Wo war die Familie? Sie spürten, wie auch bei den vergangenen Zeitreisen, irgendwie die Anwesenheit der anderen, doch diesmal war niemand hier. Waren sie so weit zurückgereist, dass nicht einmal Xila geboren war?

Irritiert blickten sich die Kinder um.

Ihnen bot sich ein atemberaubender Anblick. Unzählige Fische tummelten sich im Wasser um sie herum. Einen Großteil davon kannten sie nicht einmal. Viele der Fischarten, die ihnen vertraut waren, hatten eine außergewöhnliche Größe. Das Wasser war sauberer als in den entlegensten Gegenden, die sie bisher kennengelernt hatten.

Und es war still! Wunderbar still. Kein Motorengeräusch war zu hören. Auch an Land war die Veränderung sehr deutlich. Auf den Inseln gab es eine üppige Vegetation. Riesige Bäume streckten ihre Wipfel gen Himmel. Auch das Unterholz war grün und hoch bewachsen bis zum Strand oder der steinigen Küste. Die Inseln schienen voller Leben zu sein, denn es wimmelte nur so von Tieren. Ja, sie waren diesmal sehr weit in die Vergangenheit gereist. Dies war ein unberührtes Paradies. Doch wo waren die Wale?

Einige Zeit schwammen Lisa und Peter zwischen den Inseln hin und her. Sie bestaunten die Pflanzen- und Tierwelt. Alles war so gänzlich ohne den schädlichen Einfluss der Menschen. Sie waren in einer längst vergangenen Zeit angekommen. Weit vor der Zeit der Fischfarmen, der motorbetriebenen Schiffe, der industriellen Revolution. Bisher hatten sie nicht einmal ein Anzeichen menschlichen Lebens entdecken können.

Dann hörten sie die Wale kommen. „Iiiuuuuuuu!", hallte es schon von weitem. Sie erkannten den Ton, sie fühlten eine Vertrautheit, doch es waren die Rufe unbekannter Wale. Die Geräusche nahmen an Intensität zu. Verblüfft lauschten die beiden. Es war ihnen unmöglich, die Anzahl der Wale zu schätzen.

Es mussten Hunderte sein, wenn nicht gar Tausende.

Sie kamen näher. Der Anblick war überwältigend. Hundert Meter bevor sie Lisa und Peter erreichten, stoben sie in alle Richtungen auseinander. Sie teilten sich in Gruppen auf, die jedoch aus viel mehr Tieren bestanden, als es in der heutigen Zeit üblich ist. Die Gruppenstärke lag zwischen vierzig und einhundert Tieren. Angeführt wurde jede Gruppe von einer Matriarchin. Das war offenbar schon früher so gewesen. Lisa und Peter sahen Tiere, die weit mehr als achtzig Jahre alt sein mochten. Dieses hohe Alter erreicht heute selten ein Schwertwal. Jede Gruppe setzte sich aus Tieren ganz unterschiedlichen Alters zusammen. Es gab viele prächtige Männchen mit hoch gewachsenen Finnen, eine große Anzahl trächtiger Weibchen, unzählige Jugendliche, und eine ganze Reihe Orcababies.

Die Welt schien für die Schwertwale noch in Ordnung zu sein. Eine alte Matriarchin steuerte direkt auf Lisa und Peter zu. Sie hatte ebenfalls eine große Familie im Schlepptau, darunter ihren ältesten Sohn, dessen Finne die Rückenflossen sämtlicher Orcamännchen in den Schatten stellte. Sie war sicher über zwei Meter hoch. Mit wenigen Worten begrüßte die Matriarchin Lisa und Peter und forderte sie auf, ihr zu folgen. Ohne zu zögern reihten sie sich in die Gruppe ein und begleiteten sie auf ihrem Weg.

Nach einer Weile erreichten sie eine größere Insel, auf der offenbar Menschen lebten. Peter entdeckte eine kleine Siedlung aus Holzhütten. Lisa erspähte am Strand Kanus aus Baumstämmen. Es war ein Indianerdorf. Die Matriarchin stoppte. Es war bereits Abend. Die Kinder beobachteten die menschliche Siedlung, die durch die tiefen Strahlen der Abendsonne leuchtete. Bald würde hinter ihnen die Sonne untergehen.

Zwei junge Indianer kamen ans Ufer und fuhren mit einem Einbaumkanu zu den Walen. Sie hatten Pfeil und Bogen dabei. Peter wurde unruhig. Was hatte das zu bedeuten? Keiner der Wale reagierte auf die herannahende Gefahr. Oder war es gar keine Gefahr?

Die Orcas warteten ab. Selbst, als sich das Kanu einen Weg mitten durch die Gruppe bahnte, blieben sie ruhig im Wasser liegen. Lisa wollte noch schreien, doch dann sauste bereits ein Pfeil über sie hinweg und traf den Sohn der Anführerin in seine riesige Finne. Der Pfeil war mit solcher Wucht geschossen worden, dass er sich glatt durch die Rückenflosse gebohrt hatte. Dort steckte er nun fest; die blutige Pfeilspitze auf der einen, die andere Hälfte des Pfeils mit den Federn am Ende auf der anderen Seite. Der Wal schrie. Sein Brüllen war ohrenbetäubend. Er drehte seinen mächtigen Körper herum und steuerte auf das Kanu zu. Die anderen Wale folgten ihm.

Die Jungen in ihrem wackeligen Boot rissen die Augen auf, schnappten sich ihre Paddel und ergriffen die Flucht. Schneller, schneller trieben sie ihr Kanu an, doch der Abstand zu den Verfolgern verringerte sich immer mehr, egal wie sehr sie sich auch abmühten.

Die starke Fluke des verletzten Wales trieb ihn an, bis er eine unglaublich hohe Geschwindigkeit erreichte. Mit allerletzter Kraft gelangten die Gejagten an das rettende Ufer. Der eine Junge, der nicht geschossen hatte, hüpfte aus dem Kanu und rannte geradewegs ins Dorf. Er rief um Hilfe. Der Schütze jedoch strauchelte bei dem Versuch, an Land zu springen. Sein Fuß knickte um, dabei riss seine Achillessehne. Der Junge jaulte laut auf. Direkt an der Wasserlinie lag er nun auf steinigem Grund neben seinem Kanu.

Brüllend näherte sich der verletzte Wal. Der Orca strandete, was jedoch niemand aus der Walfamilie weiter zu beunruhigen schien. Ruhig blieb der Schwertwal dort liegen. Die Augen des jungen Indianers weiteten sich. Inzwischen stand die Sonne so tief, dass die Finne des Wals mit dem Pfeil darin einen seltsam geformten Schatten auf den Strand warf.

Entsetzen erfasste den Jungen, denn der Schatten hatte die Form eines Mannes, der die Arme ausbreitete. Der junge Indianer blickte auf und sah eine mächtige Gestalt, die sich vor dem grellen Sonnenlicht abzeichnete.

Inzwischen war das ganze Dorf zum Strand geeilt. Tiefe, gewaltige Töne erfüllten Luft und Wasser.

Niemand wagte sich zu bewegen.

Die Leute aus dem Dorf mussten ihre Augen zusammenkneifen, um etwas zu erkennen, denn auch sie blendete die untergehende Sonne. Sie sahen eine schwarze Silhouette, die wie die Gestalt eines Menschen aussah. Ergriffen lauschten die Indianer den unheimlichen Tönen. Es hörte sich beinahe wie das schmerzerfüllte Stöhnen eines alten Mannes an. Nacheinander senkten sie ihre Köpfe, hoben ihre Arme, wie es die Gestalt vor ihnen tat, und begannen zu jammern und zu wehklagen.

Der gestrauchelte Junge, vor Angst noch ganz steif, begann zu weinen. Die Tränen rannen ihm die Wangen herunter und tropften von seinem Gesicht. Die Angst wich purer Verzweiflung. Er hatte auf einen Wal geschossen, nur einen Wal. Und nun stand ein verwundeter Mensch vor ihm.

Was hatte er getan?

Plötzlich regte sich der verletzte Orca und stupste sich geschickt in tieferes Wasser. Der Spuk war vorbei.

Zurück blieb ein Volk, das von diesem Tag an die Schwertwale als Verwandte der Menschen ansah und als Gottheiten verehrte.

Das verletzte Schwertwalmännchen schwamm an Lisa und Peter vorbei, nahm Schwung und steuerte geradewegs auf einen großen Felsen zu. Kurz vor dem Aufprall drehte er sich zur Seite und seine Finne klatschte mit voller Wucht gegen den Stein. So rammte er den Pfeil aus seinem Körper heraus. Er schrie vor Schmerz auf und die ganze Gruppe fiel in den gellenden Ton ein. Der Lärm raubte den Kindern die Sinne. Lisa und Peter wurde es schwindelig.

Zeit der Erinnerung

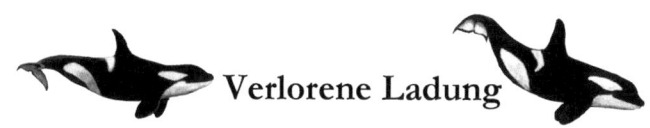

Verlorene Ladung

Nach dieser Zeitreise war die Stimmung ausgelassener denn je. Xila führte die Gruppe zum Kratzstrand. Schepee traf von Westen her ein. Das Neugeborene entwickelte sich prächtig und wirkte stark und gesund. Inzwischen leuchteten seine hellen Flecken in einem strahlenden Weiß, wie es Marete damals prophezeit hatte. Es war eine wahre Freude, dem Kleinen bei seinen ersten Erfahrungen mit dem Kratzstrand zuzusehen. Das erinnerte Lisa und Peter an ihren ersten Aufenthalt an diesem angenehmen Ort.

Wie lange war das nun schon her?
Die Wale hörten, wie sich ein Schiff näherte. Sie zogen sich deshalb noch weiter in die Bucht zurück. Plötzlich erfüllte ein ohrenbetäubender Krach das Meer. Es waren völlig unbekannte

Geräusche, die aus der Richtung des herannahenden Schiffes zu ihnen drangen. Es rumpelte, Metall rieb aufeinander und es quietschte fürchterlich.

Dann vernahmen die Wale wie irgendetwas Großes auf die Wasseroberfläche auftraf. Noch einmal schlug Metall an Metall. Gegenstände schienen schnell auf den Grund zu sinken und schlugen donnernd auf dem sandigen Meeresboden auf. Die Lautstärke und die Art der Geräusche ließen die Orcas vor Angst erstarren.

„Was war das?", fragten alle aufgeregt durcheinander.

Niemand konnte sich dieses schreckliche Rumpeln erklären.

„Ich sehe mir das an!", rief Peter, und schon schwamm er los. Rhani folgte ihm kommentarlos. Xila und die anderen Wale schienen zu verwirrt zu sein, um die beiden neugierigen Orcas aufzuhalten. Selbst Lisa zögerte viel zu lange mit einem Einwand gegen diese Aktion, und schon waren Peter und Rhani außer Sichtweite.

Es dauerte nur wenige Minuten, bis die Orcas an dem Ort ankamen, von dem die schrecklichen Geräusche gekommen waren. Ein Lastschiff hatte extreme Schieflage. Es drohte zu sinken. Rhani tauchte ab. „Warte, Rhani! Das könnte gefährlich sein!", rief ihm Peter nach. Dann folgte er seinem Freund in die Tiefe.

100 Meter … 200 Meter … 300 Meter … der Druck auf die Körper der Wale wurde beinahe unerträglich. Doch Rhani und Peter wollten das Rätsel um die eigenartigen Geräusche lösen. Sie schickten ihre Echoklicks hinab zum Meeresboden.

Peter erschrak zutiefst, wohingegen Rhani sich keinen Reim aus den Gegenständen machen konnte. Doch wie sollte Peter erklären, warum das größte der Teile dort unten so gefährlich war, so entsetzlich gefährlich?

Peter studierte die verlorengegangene Ladung so gut wie möglich, bevor er wieder auftauchen musste. Elf Gegenstände hatte er insgesamt entdecken können. Total erschöpft kamen die beiden Orcas wieder aus der Tiefe empor. Mit einem lauten Geräusch atmeten sie aus und saugten gierig die frische Atemluft ein. So tief waren sie bisher nur selten getaucht. In der Region, in der sie lebten, war das Meer nirgends besonders tief. Oft lagen zwischen Oberfläche und Meeresgrund nur zwanzig bis einhundert Meter.

Kaum von den Strapazen des tiefen Tauchganges erholt, machte Peter die nächste furchtbare Entdeckung. Auf der Oberfläche trieb eine schimmernde Flüssigkeit.

„Öl!", schrie Peter. Rhani verstand diese Bemerkung nicht.

„Wir müssen hier weg, Rhani, schnell!" Peter schwamm zügig, aber vorsichtig zu den anderen zurück. Es dauerte eine Weile, bis sie den giftigen Belag auf der Oberfläche hinter sich gelassen hatten. Rhani stellte auf dem Weg einige Fragen, die Peter jedoch absichtlich ignorierte. Er wusste nicht, was er in diesem Moment sagen sollte, wie er es sagen sollte. Außerdem grübelte er angestrengt darüber nach, wie er den anderen Walen die Sache erklären sollte, ohne sich zu verraten.

Niemand sollte ja wissen, wer sie eigentlich waren, Lisa und er.

Lisa kam den beiden Orcas neugierig entgegen. „Was ist denn passiert?", fragte sie. Peter zögerte. Obwohl Rhani sonst immer sehr vorlaut war, schien er nicht willens, Lisa irgendetwas zu erklären. Er wollte nämlich der Erste sein, der den anderen Walen die Neuigkeiten erzählt. So blieben Lisa und Peter zurück. Beide waren erleichtert, konnten sie doch dadurch ungestört miteinander reden.

„Es ist eine Katastrophe, Lisa!" Peter war sehr aufgeregt.

„Erzähl!" Lisa ahnte nichts Gutes.

„Ein Lastschiff hat Schieflage bekommen und einen Teil der Ladung verloren. Elf große Teile sind von Bord gerutscht und dann auf den Meeresboden gesunken. Das schlimme ist, es war ein Tanklaster dabei, der offenbar Diesel geladen hat. An der Oberfläche haben wir Treibstoff gesehen."

„Halt, halt, Peter, willst du damit sagen, dass der Tank des Lasters gebrochen ist?" Peter überlegte kurz. „Nein, da unten am Meeresboden ist zwar das Metall mächtig eingebeult, weil der Wasserdruck so groß ist, aber ich habe kein Loch entdecken können. Vielleicht war die Flüssigkeit an der Oberfläche nicht aus dem Laster sondern aus einer der großen Tonnen. Ich kann es nicht sagen. Jedenfalls müssen wir hier schnell weg. Die Dämpfe sind giftig!"

Es blieb keine Zeit, sich eine Erklärung auszudenken, denn die beiden Orcafamilien schwammen schnurstracks auf Lisa und Peter zu. Die Kinder wussten nicht, was sie sagen sollten. Doch es war gar nicht nötig. „Wir werden uns von hier entfernen!", sagte Xila mit ernstem Ton und schwamm an den beiden überraschten Orcas vorbei. Peter und Lisa schlossen sich den anderen wortlos an.

„Wir müssen ihnen aber irgendwie sagen, dass dort eine große Gefahr für sie ist", flüsterte Lisa ihrem Freund zu. „Aber wie?", fragte Peter. Lisa hatte eine Idee. Sie schwamm zu Lesja, denn das junge Orcaweibchen hatte von allen aus der Familie die meisten Erfahrungen mit Menschen. Lisa wusste, das Lesja früher schon einmal bunt schimmerndes Wasser gesehen hatte. Das hatte sie irgendwann einmal erwähnt. Mit einigen vorsichtig formulierten Sätzen wies Lisa die junge Lesja auf die Gefahr hin, die von dem Belag auf dem Wasser ausging.

Ihr Trick funktionierte. Lesja schien keinen Verdacht zu schöpfen sondern machte sich vielmehr gleich auf den Weg zu ihrer Großmutter Simuna, um ihr zu erzählen, was *sie* über die unheimliche Flüssigkeit wusste.

„Das hast du gut hinbekommen", lobte Peter seine Freundin. Lisa seufzte jedoch: „Wenn wir doch nur mehr tun könnten …".

*10

Das Tor

Die Orcas zogen weiter nach Norden.

„Uns läuft die Zeit davon!", beschwor Lisa ihren Freund, „Es muss bald etwas geschehen!" Peter war immer noch unschlüssig, ob es Sinn machte, Xila in ihr Geheimnis einzuweihen. Es war eine große Gefahr damit verbunden. Schließlich nahmen die beiden doch allen Mut zusammen und schwammen in einer ruhigen Minute zu Xila. Die alte Matriarchin sah sie kommen, schien einen Moment zu zögern und gesellte sich dann zu ihrer Schwester Schepee.

„Mist, nun geht es nicht mehr!", fluchte Peter, „Wir müssen sie alleine erwischen!" Lisa war außer sich: „Vielleicht gibt es kein nächstes Mal. Peter, ich hab' Angst!"

„Du brauchst keine Angst zu haben, Lisa!" Unbemerkt hatte sich Lesja genähert.

„Alles wird gut!"

Lisa starrte die kleine Lesja fassungslos an: „Ihr werdet bald wegziehen!" Peter erschrak. Hatte Lisa gerade *ihr* gesagt?

Angespannt wartete er auf Lesjas Reaktion. „Ja, wir werden bald wegziehen. Alles wird gut!"

Dann schwamm das junge Orcaweibchen zurück zu den anderen Walkindern und ließ zwei fassungslose junge Wale zurück.

„Wie hat sie das gemeint?", fragte Lisa schließlich.

„Keine Ahnung!"

Am nächsten Morgen brachen sie auf. Es war ein nebliger Spätherbsttag, trist und düster. Feiner Regen nieselte vom Himmel. Es schien beinahe, als wollte die Luft mit der Feuchtigkeit des Meeres konkurrieren. Die Sicht über Wasser war praktisch gleich Null. Doch das störte Xila nicht weiter bei ihrer Navigation. Sie setzte ihre Echoklicks ein und hatte die präzise Route im Kopf: die Route zum Winterrevier. Nur widerwillig schlossen sich Lisa und Peter der Familie an. War es nun zu spät?

Mit einem kleinen Abstand folgten sie schweigend den Anderen, unschlüssig, was sie tun sollten. Sie waren so in ihre Gedanken versunken, dass sie nicht sofort merkten, als die Familie anhielt.

Plötzlich waren sie inmitten der Gruppe. „Wir wollen uns verabschieden!" Jimees Worte klangen fröhlich und völlig unverkrampft. Und doch ließ diese einfache Bemerkung Peter und Lisa das Blut in den Adern gefrieren. Sie waren nicht in der Lage, irgendwie darauf zu reagieren. Sie waren starr vor Schreck.
Erwartungsvoll sahen die anderen Wale die zwei an.
„Verabschieden?", fragte Peter schließlich ungläubig. Lisa zitterte. Xila kam näher: „Es ist Zeit!"
„Aber, aber….", stotterte Lisa los.
„Nein, Lisa, es ist Zeit! Ihr könnt nicht mit uns kommen! Dieser Weg muss unser Geheimnis bleiben: Das Geheimnis der Orcas! Alles wird gut!"

Hatte diese Worte nicht auch Lesja gesagt? Es herrschte Stille. „Alles wird gut!", sagte Lanah und strich Lisa mit ihrer linken Brustflosse am Körper entlang. „Alles wird gut!" Rhani stupste Peter mit der Spitze seiner Schnauze. „Alles wird gut!" Auch die andern liebkosten Lisa und Peter. Von allen Seiten drangen die Worte an ihre Ohren und zärtliche Berührungen nahmen ihnen die Angst.
„Alles wird gut!"
Dann löste sich die Familie von Lisa und Peter und folgte Xila, die den Weg in das unbekannte Winterrevier angetreten hatte. Lesja hielt noch einmal inne, drehte sich zu den Kindern um: „Alles wird gut! Ehrlich!"

Wortlos verfolgten die Kinder mit ihren Blicken die wegziehenden Wale. Es waren ihre Freunde, die sich dort entfernten; nein, mehr noch, es war ihre Familie.
Der Regen prasselte auf das Wasser und die vertrauten Silhouetten wurden immer undeutlicher, bis auch Lesjas kleiner Walkörper vom trüben Meer verschluckt wurde.

„Wir müssen euch noch etwas sagen!", schrie Peter unvermittelt. Sein Ruf hallte von den steinigen Küsten wider und die Echos schienen das ganze Meer auszufüllen.

„Wir müssen euch noch etwas sagen!"

„Wir müssen euch noch etwas sagen!"

„müssen noch etwas sagen!"

„noch etwas sagen!"

„etwas sagen!"

„sagen!"

„Iiiuuuuuuuuu"

Ein vertrauter Ruf erreichte ihre Ohren.

„Iiiuuuuuuuuuu"

Das Echo verzerrte die Töne.

„Wiiiuuuuuu!"

„Wiiiii iiiuuuuu!"

„Wi niuuu!"

„We knew!"

„Wir wussten!"

Die Worte umnebelten ihre Sinne. Die Familie wusste! Sie wussten. Sie hatten es die ganze Zeit gewusst. Sie hatten gewusst, dass Lisa und Peter Menschen waren! Sie hatten es gewusst und sie trotzdem aufgenommen. Sie hatten es gewusst und sie in tiefe Geheimnisse der Wale eingeweiht. Sie hatten es gewusst und ließen zu, dass Lisa und Peter, dass Menschen, ein Teil ihrer Familie wurden.

Sie hatten es gewusst und mussten deshalb das letzte Geheimnis bewahren: wo sich die Orcas im Winter aufhalten. Doch so vieles hatten sie ihnen gezeigt. So vieles wollten sie die Menschen wissen lassen.

Sie wussten!

Diese Erkenntnis umhüllte die Kinder wie ein heller Schleier. Sie benebelte ihre Sinne. Sie fühlten sich leicht und jenseits von Zeit

und Raum. Waren sie noch im Wasser? Sie spürten nichts. Sie sahen nichts. Sie schwebten. Irgendwo! Nirgendwo?
Nein, sie waren bereits auf halbem Weg durch das Tor.

Ein Licht zuckte. Ein lauter Krach riss sie aus dem mit Nebelschwaden erfüllten Niemandsraum, katapultierte sie geradewegs die letzte kurze Strecke durch das Tor hindurch.
Sie wussten!
Alles wird gut!

Es war dunkel. Stockdunkel. Ein Rauschen erfüllte den Raum. Den Raum?
Ein Blitz zuckte und fast gleichzeitig krachte der Donner und fuhr den Kindern durch den Körper. Der Raum. Sie waren wieder in Lisas Zimmer. Beim nächsten Blitz blickten sie beide an sich herab. Arme, Beine. Sie waren wieder Menschen. Noch konnten sie es kaum glauben. Dann flackerte das Licht und schließlich war die Stromzufuhr wieder konstant genug, so dass es an blieb. Lisa und Peter fielen sich in die Arme. Sie jubelten. Im nächsten Moment jedoch erkannten sie die Peinlichkeit dieser Situation und ließen sich gleich wieder los.
Schließlich waren sie ja nun wieder Menschen.

Epilog

Am folgenden Tag hielten Lisa und Peter ihren Vortrag über das Thema: *Killerwale.*

Sie brauchten dazu keine Notizen, kein Poster, ja nicht einmal die CD mit den Rufen der Wale.

Die Erinnerung an ihre unglaublichen Erfahrungen war das Einzige, was nötig war. Ihre Beschreibungen füllten das Klassenzimmer, sie nährten die Fantasie ihrer Klassenkameraden, sie setzten den Verstand aller Zuhörer außer Kraft, sie ließen Zeit und Raum an Bedeutung verlieren. Die Ausführungen waren so präzise, die Schilderungen so eindrucksvoll und fesselnd, dass alle Anwesenden die Welt der Schwertwale aus einer anderen Perspektive kennenlernten, mit anderen Augen sahen:

Mit den Augen der Orcas!

Als der Gong erklang und den Schultag beendete, verließen der Lehrer und die Schüler nur zögerlich das Klassenzimmer. Niemand sprach auch nur ein einziges Wort. Doch jeder einzelne spürte auf unerklärliche Weise die Macht der Naturgewalten, fühlte das Wasser auf seiner Haut, empfand eine ungeheure Vertrautheit mit den Schwertwalen und hörte noch lange über den Vortrag hinaus den Ruf, der alles erklärte:

„Iiiiuuuuuuuuuuuu!

Tatsachen

*1

1998 Herbizide (Pflanzenschutzmittel) werden mit Flugzeugen auf einige Flüsse versprüht: Die Flüsse Keogh, Nimpkish, Suquash, Nahwitti und Stranby sind danach ohne Lachse

*2

1980 einige Wale schwimmen auf eine überflutete Wiese

*3

1962-1977 insgesamt werden in British Columbia und Washington zwischen 275 und 307 Orcas gefangen, das Ziel sind entwöhnte Jungtiere (leichter trainierbar); 11 sterben dabei, 56 werden für Delfinarien behalten, der Rest wird wieder in die Freiheit entlassen. Allgemein ist es so, dass von den Delfinen, die für Delfinarien gefangen werden, rund 75% entweder beim Transport oder kurz danach sterben.
1971 wird endlich eine Zählung veranlasst. Die Schätzungen durch Michael Bigg und Graeme M. Ellis in diesem Gebiet liegen bei 200-250 Orcas; rund $\frac{1}{5}$ des Gesamtbestandes wurde gefangen oder getötet. Alle zwischen 1960 – 1970 geborenen Wale wurden gefangen.

*4

Alexandra Morton beschreibt in ihrem Buch „Sinfonie der Wale" folgende Beobachtung:
„Schwertwale schwimmen nach einem genauen Rhythmus in den abgesperrten Bereich hinein, bei dem Baumstämme von einem Helikopter abgeworfen werden. Sie tauchen mit einem Fisch im Maul wieder auf."

*5

Aquakulturen/Fischfarmen:

Die Anzahl der Fischfarmen an der Küstenlinie von B.C. liegt im Jahr 2007 bei 134 Netzgehegen. Ihre Größe beträgt etwa 30 m im Durchmesser. Die Tiefe variiert zwischen 6 und 20 Metern. In jedem Gehege befinden sich zwischen 35.000 und 50.000 Fische. Über die Hälfte dieser Farmen züchtet den Atlantischen Lachs, der in den pazifischen Gewässern nicht beheimatet ist. Diese Lachsart wurde aus folgenden Aspekten gewählt:

1. Er wächst schneller und hat höhere Überlebensraten als der pazifische Lachs.

2. Es gibt einen großen Absatzmarkt für atlantischen Lachs.

3. Er produziert mehr Fleisch, weniger unbrauchbare Reste bleiben vom Fisch übrig.

2005 produzierten diese Farmen 98.441 t Fische. Der Wert dieser Lachse beträgt 543.634.000 $. Kanada hat damit einen 6-prozentigen Anteil an der weltweiten Lachsproduktion. 95 % der in kanadischen Lachsfarmen gezüchteten Fische werden in die USA exportiert. Seit 1991 sind nach offiziellen Angaben (bis 2002) rund 452.049 atlantische Lachse aus den Farmen entwichen. (Anmerkung: Die Dunkelziffer liegt bei einem Vielfachen dieser Zahl.) Laut Aussage des kanadischen Fischereiministeriums bedrohen die entflohenen atlantischen Lachse nicht die Bestände der heimischen Lachsarten.

(Quelle: Canada - Minister of Fisheries and Oceans, www.dfo-mpo.ca)
Gegendarstellung durch folgende Quelle: KNU (Koordinationszentrum Natur und Umwelt e.V.) www.naturschatz.org mit Zitaten von Martin Krkosek, Mark A. Lewis, John P.l Volpe, Unversitiy of Alberta Edmonton „Proceedings of the Royal Society of London B"

"...Junge Fische waren, ehe sie in die Nähe der Fischfarm kamen, kaum von Seeläusen befallen. Dies änderte sich aber schlagartig in den Gewässern rund um die Lachsfarm. Die Konzentration der Parasiten war in der Umgebung der Fischfarm um das 30.000-fache höher als in anderen Gewässern.... "

„ ...Erwachsene Lachse überleben in der Regel den Seelaus-Befall. Sind die Fische aber erst wenige Tage alt, kann ihr Körper die Parasiten nicht verkraften. Die Seeläuse fressen mehr als ihre Wirte, die somit bei lebendigem Leib verzehrt werden."

„ ... Durch die hohe Besatzdichte in den frei schwimmenden Käfigen können sich Krankheiten sehr schnell verbreiten. Daher wird folgender Chemie-Cocktail in das Wasser gegeben:

- Antibiotika gegen Bakterien und Viren
- Fungizide ... gegen Pilz-Krankheiten
- Pestizide gegen Fischparasiten, wie z.B. See-Laus
- Farbstoffe ... damit das Lachsfleisch seine charakteristische Farbe bekommt
- zudem werden Junglachsen maschinell Wachstumshormone gespritzt..."

Aktueller Stand:

Mai 2007 Regierungsgremium rät zu Abschaffung von offenen Netzkäfigen und Genehmigungsstopp für Aquakulturen – Fischfarmen auf Laichwanderrouten müssen verschwinden und nördlich von Cape Caution permanent verboten werden - Die Umsetzung dieser Empfehlung ist fraglich.

Übersetztes Zitat von Alexandra Morton www.raincoastresearch.org: „Lachsfarmen gefährden immer noch die wilden Junglachse" (Frühjahr 2007)

Übersetzung von der Webpage www.orcalab.org von A. Spong

„Die jungen Lachse sind in einem höchst gefährdeten Stadium (Anmerkung: wenn sie an den Lachsfarmen vorbeiziehen); und die Läuse dezimieren sie auf einen Bestand, mit dem sie nicht überleben können. Die Folge, die Lachsströme des Broughton brechen zusammen"

1993 Osten des Fife Sound. Der sogenannte Robbenschreck wird eingesetzt. Dieser „Akustische Besen" hat eine Lautstärke von 194 Dezibel (140 Schmerzgrenze des Menschen).

*6

Zitat der WWF-Expertin Karoline Schacht über die starke Schadstoffkonzentration norwegischer Schwertwale (Dez 2005):

„Die alarmierenden Ergebnisse zeigen, wie schlecht es um den Lebensraum Meer steht. Die Schwertwale stehen am Ende der Nahrungskette. In ihnen spiegelt sich die bedenkliche Verbreitung von Industriechemikalien wider."

Zitat von WDCS (Whale and Dolphin Conservation Society) aus Associated Press (Okt. 2002):

"Ein toxischer chemischer Stoff, der die Entwicklung der Walkälber extrem beeinträchtigen kann, wurde in hohen Konzentrationen in der Unterhautfettschicht von Orcas in Monterey Bay (Anmerkung: Kalifornien) gefunden."

Zitat von WDCS aus L.A. Times vom 16.2.2001:

„Wissenschaftlichen Untersuchungen zufolge haben einige der Schwertwale, die in den Küstengewässern vor Washington State, USA, British Columbia, Kanada und Südzentral-Alaska leben, in ihrer Unterhautfettschicht gefährlich hohe Konzentrationen an industriellen Chemikalien (PCB und DDT) angesammelt. ... Besonders besorgniserregend ist die Weitergabe von PCB's über die Muttermilch. Da PCB's die Bildung von Vitamin A, einem wichtigen Hormon, blockieren, wirken sie wahrscheinlich negativ auf die Entwicklung und Überlebensrate der Kälber. Außerdem ist seit längerem bekannt, dass zu hohe Konzentrationen von PCB's das Immunsystem von Tieren schwächen können."

Zitat von der Webpage ‚Meeresakrobaten':

„Die Sterblichkeitsrate ist relativ hoch. Nur etwa 60 Prozent der Kälber werden älter als ein Jahr."

*7

Springer

(wissenschaftliche Bezeichnung A73) - Weibchen

Sie wird im Juli 2000 als zweites Junges von Sutlej (A45) geboren. Sutlejs erstes Kalb starb im ersten Lebensjahr. Im Herbst 2000 sichtet man Springer das letzte Mal zusammen mit ihrer Mutter. Im Sommer 2001 schwimmt Springer ohne ihre Mutter. Sie begleitet Orcas aus dem G-Pod, was sehr ungewöhnlich ist. Im Januar 2002 erscheint Springer im Puget Sound, der zum Gebiet der *Südlich Residenten* (SR) zählt. Die Forscher sind besorgt. Eigentlich hätte Springer zu dieser Zeit noch Muttermilch bekommen müssen. Sie ist nicht gesund und ist unterernährt. Außerdem nähert sich das junge Weibchen immer wieder gefährlich nah verschiedenen Booten, insbesondere den großen Fähren. Am 13. Juni 2002 wird Springer zu ihrem eigenen Schutz durch die NMFS (US National Marine Fisheries Service) eingefangen und in eine Einzäunung gebracht. Tierärzte untersuchen den Wal. Damit sich der junge Wal nicht zu sehr an Menschen gewöhnt, wird lebender Lachs in das Gehege geworfen. Vorher wird in die Futterfische Antibiotikum injiziert, um Springer gesund zu machen. Genau einen Monat nach dem Einfangen, am 13. Juli 2002, wird Springer auf ein Boot geladen und 650 km weit nach Norden zur Johnstone Strait in das Gebiet der *Nördlich Residenten* (NR) gebracht. Dort bleibt sie zunächst wieder in einer, mit einem Netz vom Meer abgetrennten, Bucht auf Hanson Island. Als sie in die Freiheit entlassen wird, saust sie erst einmal davon, zögert dann aber und spielt im Wald aus Tang. In den nächsten Monaten schließt sie sich unterschiedlichen Gruppen des A-Pod an, zu dem auch ihre Familie gehört. Eine Weile zieht sie mit der Gruppe ihrer Großmutter (A24) herum. Zwei Wale verhalten sich auffällig und drängen Springer immer wieder von Booten ab. Die Forscher registrieren einen besonderen Ruf, den sie bisher nur von Sutlej gehört hatten – hoch/tief/hoch – „iui". Anfang 2009 ist Springer gesund und lebt bei ihren Verwandten.

*8

1993 schießt ein Unbekannter von einem privaten Boot aus auf A10 und ihr jüngstes Kalb (A47). Die Mutter bringt das verletzte Junge zu einem herbeieilenden Whale-Watch Boot. Beide Wale sterben im darauffolgenden Winter.

*9

1976 werden zwischen Vancouver Island und dem amerikanischen Festland sechs transiente Schwertwale gefangen. Zwei Tiere werden mit Sende-Kragen versehen. Mit jeweils fünf dicken Schrauben werden die Kästen an der vorderen Kante der Finne befestigt. Damit die Sendevorrichtungen irgendwann abfallen, bestehen die Muttern aus einem Material, das sich innerhalb von einigen Monaten zersetzt. Über 10 Tage bekommen die Forscher regelmäßig Signale. Noch weitere fünf Monate erhalten sie sporadisch Daten. Die Wale überleben, behalten jedoch schlimme Narben zurück, da die Schrauben auch nach dem Abfallen der Kästen in ihren Flossen verbleiben.

*10

Robson Bight – Der Rubbelstrand (Kratzstrand)

Am 20. August 2007 verunglückte vor Robson Bight, einem Gebiet inmitten des Naturschutzgebietes zwischen dem Norden von Vancouver Island und dem kanadischem Festland, ein Lastkahn und verlor seine Ladung. Unter anderem sank ein Tanklastzug mit über 10.000 Litern Diesel. In 350 Metern Tiefe lag die Ladung seitdem auf dem Meeresgrund. Sofort nach dem Unglück wurden große Flächen Treibstoff an der Wasseroberfläche gefunden, doch die ultimative Katastrophe blieb aus. Unterwassermikrofone haben die Katastrophe aufgenommen:
http://www.orcalab.org/news-archive/orcalab_general/07-08-21.html
Erst am 12. Mai 2009 begann die groß angelegte Aktion zur Hebung der Fracht. Am 15. Mai konnten die ersten Fässer und Gegenstände geborgen werden. Am 19. Mai, nach anfänglichen Problemen, wurde

endlich der Truck aus der Tiefe geborgen und sicher auf das Lastschiff gehoben. Geringe Mengen Treibstoff (199 Liter) liefen aus, wurden aber Dank diverser Vorsichtsmaßnahmen des Bergeteams sofort beseitigt.

Foto: Leona Niedzwiedz

Quellen

Alexandra Morton, Die Sinfonie der Wale, Malik
Ford, Ellis, Balcomb, Killer Whales, UBC Press
Ford, Ellis, Transients, UBC Press
Anthony Martin, Wale & Delphine, Mosaik Verlag
Carwardine, Hoyt, Fordyce, Gill, Wale, Delphine & Tümmler, Könemann
Erich Hoyt, ORCA – The Whale Called Killer, Camden House Publishing
Erich Hoyt, The Performing Orca – Why The Show Must Stop, WDCS
Kreutzkamp, Breiter, Westkanada Alaska, NaturReiseführer
Petra Deimer, Das Buch der Wale, Heyne
Verschiedene Autoren, Fische, Enzyklopädie der Tierwelt, Orbis
Verschiedene Autoren, Wale und Delphine, Jahr-Verlag GmbH

Organisationen

www.whales.org

delphinschutz.org

www.greenpeace.org

Informationen über Wale:

Homepage von Dr. Paul Spong und seiner Frau Helena Symonds, die auf Hanson Island die Calls der Orcas erforschen
www.orcalab.org

ORCALAB

Saisonale Liveübertragung der Calls und aktuelle Informationen über Orca-Sichtungen
www.orca-live.net

Orca Calls zum Abspielen und Informationen unter
www.orcinusorca.nl

www.whalemuseum.org

THE WHALE MUSEUM
www.whalemuseum.org

www.Pottwale.de   Pottwale e.V.

Symbolische Adoption von Springer („Lesja"):

www.bornfree.org.uk/give/adopt-an-animal/springer/

Der Beitrag kommt fast
vollständig dem Orcalab
von Paul Spong zugute.

Die Autorin und der Verlag sind nicht für die Inhalte der genannten Homepages verantwortlich.

Dr. Paul Spong, 2017:
„Seitdem wir das (Vorwort) geschrieben haben, hat Springer zwei
Babys bekommen und ist jetzt Matriarchin ihrer Matriline, die jetzt
eine gesicherte Zukunft hat."

„Ein ungewöhnlicher Segen für Doris Thomas:
Gott verleihe Dir stets den Weitblick eines Adlers,
die ungestüme Lebensfreude eines Delfins,
den langen Atem des göttlichen Geistes
und gute Menschen,
die Dir stets unter die Arme greifen,
wenn Du ihre Hilfe brauchst, und die Dich auffangen,
wenn Du fällst.
Gott segne Dich!"

Pfarrer Markus Maiwald/Meitingen

Kinderbücher von Doris Thomas

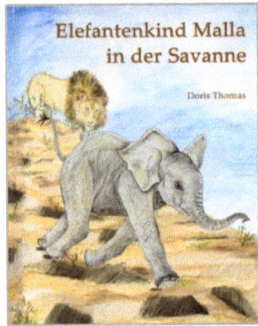

auch als E-Book/Kindle

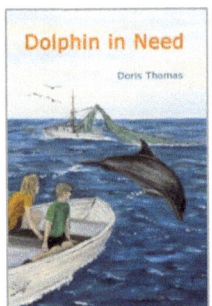

www.Doris-T.de   Englisch

Erhältlich bei: Verlag an der ESTE (www.verlageste.de)